La telaraña de Carlota

La telaraña de Carlota

E. B. White

Dibujos de Garth Williams

HARPERTROPHY®

AN IMPRINT OF HARPERCOLLINS*PUBLISHERS*

Rayo is an imprint of HarperCollins Publishers.

Harper Trophy® is a registered trademark of HarperCollins Publishers.

Originally published as *Charlotte's Web*

Copyright © 1952 by E. B. White

Text copyright © renewed 1980 by E. B. White

Illustrations copyright © renewed 1980 by Estate of Garth Williams

La telaraña de Carlota

Translation © by Editorial Noguer, S.A., 1986

Translation by Guillermo Solana Alonso

Revised translation by Omar Amador

Revised translation © 2005 by HarperCollins Publishers

Library of Congress Cataloging-in-Publication Data

White, E. B. (Elwyn Brooks), date.

[Charlotte's web. Spanish]

La telaraña de Carlota / E. B. White ; dibujos de Garth Williams.—1st HarperCollins ed.

p.   cm.

Translation of: Charlotte's web.

Summary: Wilbur, the pig, is desolate when he discovers that he is destined to be the farmer's
Christmas dinner until his spider friend, Charlotte, decides to help him.

ISBN-10: 0-06-075739-6 — ISBN-10: 0-06-075740-X (pbk.)

ISBN-13: 978-0-06-075739-7 — ISBN-13: 978-0-06-075740-3 (pbk.)

[1. Pigs—Fiction.   2. Spiders—Fiction.   3. Friendship—Fiction.   4. Domestic animals—Fiction.
5. Farm life—Fiction.   6. Spanish language materials.]   I. Williams, Garth, ill.   II. Title.

PZ73.W487 2005   2004027728

[Fic]—dc22

❖

First Harper Trophy edition, 2005

Visit us on the World Wide Web!

www.harperchildrens.com

16 CG/OPM 30 29 28 27 26 25 24

Índice

La telaraña de Carlota

I. Antes del desayuno

¿ADÓNDE va papá con esa hacha? —preguntó Fern a su mamá mientras ponían la mesa para el desayuno.

—Al chiquero —respondió la señora Arable—. Anoche nacieron unos cerditos.

—No veo por qué necesita el hacha —continuó Fern, que sólo tenía ocho años.

—Bueno —respondió su mamá—. Uno de los cerditos nació mucho más pequeño que los demás. Es muy débil y menudo y jamás llegará a nada. Así que tu padre ha decidido acabar con él.

—¿Acabar con él? —chilló Fern—. ¿Quieres decir que va a *matarlo*? ¿Y sólo porque es más pequeño que los demás?

La señora Arable puso un jarro de crema sobre la mesa.

—¡No grites, Fern! —dijo—. Tu padre hace bien. De cualquier modo, el cerdo probablemente morirá.

Fern apartó una silla de un empujón y corrió
afuera. La hierba estaba húmeda y la tierra olía a
primavera. Cuando alcanzó a su padre, los tenis de
Fern estaban empapados.

—¡Por favor, no lo mates! —sollozó—. ¡Es
injusto!

El señor Arable se detuvo.

—Fern —le dijo dulcemente— tienes que aprender a dominarte.

—¿A dominarme? —chilló Fern—. Es una cuestión de vida o muerte y tú me dices que me *domine*.

Las lágrimas corrían por las mejillas de la niña. Trató de quitarle el hacha a su padre.

—Fern —dijo el señor Arable—. Yo sé más que tú acerca de criar una camada de cerdos. Uno que nace débil, siempre es causa de problemas. ¡Ahora, vete corriendo!

—Pero es injusto —gritó Fern—. No es culpa del cerdito haber nacido tan pequeño, ¿no es cierto? ¿*Me* habrías matado a mí si yo hubiera sido muy pequeña cuando nací?

El señor Arable se sonrió.

—Pues claro que no —dijo mirando con cariño a su hija—. Pero esto es diferente. Una cosa es una niña pequeña y otra muy diferente un cerdito esmirriado.

—Yo no veo la diferencia —replicó Fern, agarrando todavía el hacha—. Este es el caso más terrible de injusticia que jamás haya visto.

Una curiosa mirada asomó a la cara de John Arable.

—De acuerdo —dijo—. Ve a casa y te llevaré el

cerdito cuando yo regrese. Te dejaré que comiences a darle el biberón, como si fuera un bebé. Ya verás entonces qué complicado es criar un cerdo.

Cuando el señor Arable regresó a su casa media hora más tarde, llevaba una caja de cartón bajo el brazo. Fern estaba arriba, cambiándose los zapatos. La mesa de la cocina estaba preparada para el desayuno y la habitación olía a café, a tocino, a yeso húmedo y al humo de la madera que ardía en el fogón.

—¡Déjalo en su silla! —dijo la señora Arable. Y el señor Arable puso la caja de cartón en el sitio reservado a Fern. Luego se acercó al fregadero, se lavó las manos y se las secó con una toalla.

Fern bajó lentamente las escaleras. Sus ojos estaban enrojecidos de tanto llorar. Cuando se acercó a la silla, la caja de cartón se agitó y se oyó el ruido de algo que se frotaba contra los costados. Fern miró a su padre. Luego levantó la tapa de la caja. Allí dentro, observándola, estaba el cerdito recién nacido. Era blanco. La luz de la mañana traspasaba sus orejas, volviéndolas de un color rosa.

—Es tuyo —dijo el señor Arable—. Salvado de una muerte prematura. Y que el Señor me perdone por cometer esta tontería.

Fern no podía apartar los ojos del cerdito.

—¡Ay! —murmuró— *¡míralo!* Es perfecto.

Cerró cuidadosamente la caja. Primero besó a su
padre y luego besó a su madre. Después volvió a
levantar la tapa, sacó el cerdito y lo apretó contra su
mejilla. En aquel momento entró en la cocina su
hermano Avery. Avery tenía diez años. Iba fuerte-
mente armado. En una mano llevaba una escopeta
de aire comprimido y en la otra una daga de
madera.

—¿Qué es eso? —preguntó—. ¿Qué es lo que
tiene Fern?

—Ha traído un invitado a desayunar —respondió
la señora Arable—. ¡Avery, lávate las manos y la
cara!

—¡Vamos a verlo! —dijo Avery, dejando su escopeta—. ¿Y tú crees que esa cosa es un cerdo? ¡Es tan pequeño como una rata albina!

—¡Avery, lávate y toma el desayuno! —dijo su madre—. Dentro de media hora estará aquí el autobús de la escuela.

—¿Me vas a regalar un cerdo a mí también, papá? —preguntó Avery.

—No, yo sólo regalo cerdos a los que madrugan —respondió el señor Arable—. Fern se levantó muy temprano para tratar de librar al mundo de injusticias. Y como resultado, ahora tiene un cerdito. Desde luego es muy pequeño, pero al fin y al cabo se trata de un cerdo. Eso sólo demuestra lo que puede conseguir una persona cuando se levanta temprano. ¡Vamos, a desayunar!

Pero Fern no podía comer hasta que su cerdito hubiese tomado leche. La señora Arable encontró un biberón con un chupete de goma. Vertió leche tibia en el biberón, ajustó el chupete a la boca de éste y se lo entregó a Fern.

—¡Dale su desayuno! —le dijo.

Un minuto más tarde, Fern estaba sentada en el suelo, en un rincón de la cocina, con el cerdito entre las rodillas, enseñándole a mamar del biberón. El cerdito, aunque menudo, tenía buen apetito y aprendió muy pronto.

Oyeron el claxon del autobús que llegaba por la carretera.

—¡Corran! —les dijo la señora Arable, quitándole el cerdito a Fern y poniendo en su mano una rosquilla de pan. Avery agarró su escopeta y otra rosquilla.

Los niños corrieron hasta la carretera y subieron al autobús. Fern no se fijó en los demás chicos que había dentro. Se sentó, miró por la ventanilla y pensó que éste era un mundo maravilloso y que ella era muy afortunada por tener que ocuparse de un cerdito. Cuando el autobús llegó a la escuela, Fern ya le había encontrado nombre, escogiendo el que le pareció más bonito entre los que se le ocurrieron.

—Se llama Wilbur —murmuró para sí misma.

Aún seguía pensando en el cerdito cuando la maestra dijo:

—Fern, ¿cuál es la capital de Pennsylvania?

—Wilbur —replicó Fern, todavía en las nubes. Sus compañeros se echaron a reír y Fern se ruborizó.

II. Wilbur

FERN quería a Wilbur más que a nada en el mundo. Le gustaba acariciarlo, alimentarlo y dormirlo. Cada mañana, en cuanto se levantaba, calentaba la leche, ajustaba el chupete y sostenía el biberón para que bebiera. Cada tarde, en cuanto el autobús se detenía frente a su casa, saltaba a la carretera y corría a la cocina para prepararle otro biberón. Volvía a darle leche a la hora de cenar, y de nuevo antes de irse a la cama. La señora Arable se encargaba de darle un biberón a mediodía, cuando Fern estaba en la escuela. A Wilbur le gustaba la leche y jamás se sentía tan bien como cuando Fern se la calentaba. Permanecía alzado sobre sus patas, mirándola con ojos de adoración.

Durante los primeros días de su vida, a Wilbur se le permitió vivir en una caja, cerca de la estufa de la cocina. Luego, cuando la señora Arable se quejó, fue trasladado a una caja más grande, en la leñera.

Cuando cumplió dos semanas, lo llevaron afuera. Era el tiempo en que florecían los manzanos y los días se hacían ya más calurosos. El señor Arable construyó especialmente para Wilbur un corralito bajo un manzano, con un cajón grande lleno de paja en el que abrió un agujero para que entrara y saliera como le viniera en gana.

—¿No tendrá frío por la noche? —preguntó Fern.

—No —dijo su padre—. Obsérvalo y fíjate en lo que hace.

Con un biberón en la mano, Fern se sentó bajo el manzano dentro del corralito. Wilbur corrió hacia ella y Fern sostuvo la botella mientras el cerdito chupaba. Cuando acabó hasta la última gota, gruñó y, adormilado, se metió en el cajón. Fern miró por el agujero. Wilbur hurgaba en la paja con su hocico.

En muy poco tiempo abrió un túnel en la paja. Se metió en el túnel y desapareció de la vista, completamente cubierto por la paja. Fern se sintió encantada. Se tranquilizó al saber que su cerdito dormiría tapado y que estaría calentito.

Cada mañana, después del desayuno, Wilbur acompañaba a Fern hasta la carretera y esperaba con ella a que llegase el autobús. Ella le decía adiós con la mano y él se quedaba mirando el autobús hasta que desaparecía en una curva. Mientras Fern estaba en la escuela, Wilbur permanecía encerrado en su corralito. Pero en cuanto Fern llegaba a casa por la tarde, lo sacaba y el cerdito la seguía por todas partes. Si iba a la casa, Wilbur también iba. Si subía al piso de arriba, Wilbur se quedaba esperando al pie de la escalera hasta que bajaba. Si sacaba a pasear su muñeca en el cochecito, Wilbur iba detrás. A veces Wilbur se cansaba y entonces Fern lo agarraba y lo ponía en el cochecito junto a la muñeca. A Wilbur le gustaba esto. Y si estaba *muy* cansado, cerraba los ojos y se dormía bajo la manta de la muñeca. Se veía muy lindo con los ojos cerrados porque tenía las pestañas muy largas. La muñeca cerraba también los ojos, y Fern empujaba el cochecito muy despacio y con mucho cuidado para no despertar a sus niños.

Una tarde de calor, Fern y Avery se pusieron

trajes de baño y fueron a nadar al arroyo. Wilbur
corrió tras Fern. Cuando ella se metió en el arroyo,
Wilbur se metió también. Pero el agua le pareció
demasiado fría. Así es que mientras los niños nada-
ban, jugaban y se echaban agua, Wilbur se entre-
tuvo en el barro de la orilla. Allí hacía calor, había

humedad y la tierra estaba deliciosamente pegajosa y fangosa.

Cada día era un día feliz y cada noche una noche tranquila.

Wilbur era lo que los granjeros llaman un cerdo de primavera, que significa simplemente que nació en esa época del año. Cuando cumplió cinco semanas, el señor Arable dijo que era suficientemente grande para venderlo y que habría que hacerlo. Fern se echó a llorar. Pero su padre se mostró firme. El apetito de Wilbur había aumentado; empezaba a comer sobras de la comida junto con la leche. El señor Arable no estaba dispuesto a alimentarlo por más tiempo. Había vendido ya diez hermanos y hermanas de Wilbur.

—Tiene que irse, Fern —dijo—. Ya te has entretenido criando un cerdito, pero Wilbur ya no es un bebé y hay que venderlo.

—Llama a los Zuckerman —sugirió la señora Arable a Fern—. Tu tío Homer a veces cría un cerdo. Y si Wilbur va a vivir allí, podrás bajar por la carretera y verlo cuando se te antoje.

—¿Cuánto dinero debo pedir por él? —preguntó Fern.

—Bueno —dijo su padre— es más pequeño de lo normal. Di a tu tío Homer que tienes un cerdo y que estás dispuesta a vendérselo por seis dólares. A ver qué te responde.

Pronto se arregló todo. Fern llamó por teléfono y contestó su tía Edith. Tía Edith le gritó a tío Homer, y tío Homer vino del granero y habló con Fern. Cuando supo que el precio era sólo seis dólares, respondió que compraría el cerdo. Al día siguiente, sacaron a Wilbur de su casita bajo el manzano. Fue a vivir en un montón de estiércol en el sótano del granero de los Zuckerman.

III. *Escapada*

EL GRANERO era muy grande. También era muy viejo. Olía a heno y a estiércol. Olía al sudor de caballos fatigados y al maravilloso aliento dulzón de las pacientes vacas. Era un olor que daba paz, como si nada malo pudiera volver a suceder en el mundo. Olía a grano y al cuero de los arneses y a la grasa de los ejes de las carretas y a la goma de las botas y al cáñamo de las cuerdas. Y siempre que le daban a un gato una cabeza de pescado, todo el granero olía a pescado. Pero sobre todo olía a heno, porque siempre había mucho en el desván de la parte superior del granero. Y siempre había que bajar de allí heno para las vacas, para los caballos y para las ovejas.

El granero tenía un calorcillo agradable en invierno, cuando los animales pasaban la mayor parte del tiempo bajo techo, y un fresco agradable en verano, cuando las grandes puertas, abiertas de par en par, dejaban entrar la brisa. En su planta principal, el granero tenía pesebres para los caballos de tiro y argollas para atar las vacas. Más abajo se encerraban las ovejas y había una pocilga para Wilbur, y estaba lleno de todas esas cosas que hay en los graneros: escaleras de mano, piedras de afilar, llaves inglesas, cortacéspedes, palas para quitar la nieve, hachas de mano, cántaros de leche, cubos para el agua, sacos de grano ya vacíos y ratoneras enmohecidas. Era esa clase de granero donde a las golondrinas les gusta hacer sus nidos. Era esa clase de granero donde a los niños les gusta jugar. Y todo aquello era propiedad del tío de Fern, el señor Homer L. Zuckerman.

El nuevo hogar de Wilbur, en el piso inferior del granero, se hallaba directamente bajo el lugar que ocupaban las vacas. El señor Zuckerman sabía que un montón de estiércol es un buen lugar para tener a un cerdo joven. Los cerdos necesitan calor y allá abajo, junto a la pared del sur, la temperatura resultaba agradable y se estaba bien.

Fern acudía a verlo casi todos los días. Encontró una vieja banqueta de ordeñar que ya habían dejado por inservible y la colocó en el redil de las ovejas junto al chiquero de Wilbur. Allí pasaba en silencio las largas tardes, pensando, escuchando y observando a Wilbur. Pronto la conocieron las ovejas y empezaron a confiar en ella. Lo mismo les sucedió a las gansas que vivían con las ovejas. Todos los animales confiaban en ella porque los trataba bien. El señor Zuckerman no le dejaba sacar a Wilbur ni tampoco le permitía que entrara en la pocilga. Pero le dijo a Fern que podría sentarse en la banqueta y observar a Wilbur tanto tiempo como quisiera. Se sentía feliz al estar cerca del cerdo y Wilbur también estaba feliz al ver que ella estaba allí, justo al otro lado de su chiquero. Pero ya no volvieron a repetirse para él los buenos momentos; ya no había paseos, ni viajes en el cochecito, ni baños.

Una tarde de junio, cuando Wilbur tenía ya casi dos meses, salió a su pequeño patio fuera del granero. Fern no había llegado para su visita habitual. Wilbur se quedó al sol, solitario y aburrido.

—Aquí no hay nada que hacer —pensó. Caminó lentamente hasta el comedero para ver si había quedado algo. Encontró una cáscara de papa y se la comió. Le picaba el lomo, así es que se apoyó contra la cerca y se frotó contra las tablas. Cuando se cansó de aquello, entró, subió a lo alto del montón de estiércol y se sentó allí. No tenía ganas de dormir ni de hurgar con el hocico, estaba cansado de estar quieto, cansado de estar tumbado.

—Tengo menos de dos meses y ya estoy cansado de vivir —dijo. Y salió de nuevo al corral.

—Cuando estoy fuera —dijo— no tengo otro lugar a donde ir como no sea adentro. Y cuando estoy dentro no tengo otro lugar a donde ir como no sea al corral.

—En eso te equivocas, amigo mío —dijo una voz.

Wilbur miró a través de la cerca y vio, allá fuera, a la gansa.

—No tienes por qué quedarte en ese sucio y pequeño, sucio y pequeño, sucio y pequeño corral —añadió la gansa, que hablaba muy deprisa—. Una de las tablas está suelta. Empújala. ¡Empuja-empuja-empuja y sal!

—¿Cómo? —dijo Wilbur—. ¡Habla más despacio!

—A-a-a, a riesgo de repetirme —declaró la gansa—. Te sugiero que salgas. Es maravilloso estar aquí.

—¿Dijiste que una tabla estaba suelta?

—Eso es lo que dije, eso es lo que dije —replicó la gansa.

Wilbur se aproximó a la cerca y vio que la gansa tenía razón. Una de las tablas estaba suelta. Bajó la cabeza, cerró los ojos y empujó. La tabla cedió. En cosa de un minuto consiguió deslizarse a través de la cerca y pisó las altas hierbas que crecían fuera del corral. La gansa lanzó una risita.

—¿Qué te parece ser libre? —preguntó.

—Me gusta —dijo Wilbur—. Es decir, *supongo* que me gusta.

En realidad, Wilbur tenía una extraña sensación al verse al otro lado de la cerca, sin nada entre él y el resto del mundo.

—¿A dónde crees que sería mejor ir?

—Adonde quieras, adonde quieras —respondió la gansa—. ¡Vete al huerto y cómete la hierba! ¡Vete a la huerta y arranca rábanos! ¡Excava todo! ¡Come hierba! ¡Busca maíz! ¡Busca avena! ¡Corre por todas partes! ¡Salta y baila, brinca y corre! ¡Cruza el huerto y paséate por el bosque! El mundo es un lugar maravilloso cuando eres joven.

—Ya me doy cuenta —dijo Wilbur. Saltó en el aire, giró en redondo, corrió unos pasos, se detuvo, miró en todas direcciones, aspiró los olores de la tarde y luego se puso en camino a través del huerto. Se detuvo a la sombra de un manzano y, aplicando su robusto hocico al suelo, empezó a escarbar, empujando, excavando y arrancando. Se sentía muy feliz. Removió una buena porción de tierra antes de que alguien reparara en él. La señora Zuckerman fue la primera en verlo. Lo distinguió a través de la ventana de la cocina e inmediatamente empezó a gritar a los hombres.

—¡Ho-*mer*! —chilló—. ¡Se ha escapado el cerdo! ¡Lurvy! ¡Se ha escapado el cerdo! ¡Está allí, bajo aquel manzano!

—Ahora empiezan los apuros —pensó Wilbur—. En qué lío me he metido.

La gansa oyó los gritos y también ella empezó a chillar.

—¡Corre-corre-corre cuesta abajo, al bosque, al bosque! —gritó a Wilbur—. Nunca-nunca-nunca te atraparán en el bosque.

El perro advirtió el escándalo y también él salió del granero para participar en la persecución. Y lo oyó el señor Zuckerman, que abandonó el taller donde reparaba una herramienta. Lurvy, el jornalero, percibió el griterío y salió del sembrado de espárragos donde estaba arrancando las malas hierbas. Todo el mundo fue tras Wilbur, y Wilbur no sabía qué hacer. El bosque parecía muy lejano y además, como no había estado nunca allí, no estaba seguro de que le gustaría aquel lugar.

—Ciérrale el paso, Lurvy —dijo el señor Zuckerman—. ¡Y llévalo hacia el granero! Con calma, no lo acoses. Iré a buscar un cubo de desperdicios.

La noticia de la escapada de Wilbur se extendió rápidamente entre todos los animales del lugar. Siempre que cualquiera de ellos se escapaba, el hecho constituía un gran acontecimiento para los demás. La gansa gritó a la vaca más próxima que Wilbur se había escapado, y pronto lo supieron todas las vacas. Luego una de las vacas se lo dijo a una oveja, y pronto lo supieron todas las ovejas. Los corderos se enteraron por sus madres. Los caballos, en sus pesebres del granero, alzaron las orejas cuando oyeron los chillidos de la gansa y pronto supieron lo que estaba pasando.

—Wilbur está fuera —dijeron.

Cada animal se agitó, alzó la cabeza y se excitó al saber que uno de sus amigos estaba libre y no permanecía dentro de una cerca o sujeto a una argolla.

Wilbur no sabía qué hacer ni hacia dónde correr.

Tenía la impresión de que todos iban tras él. «Si esto es ser libre», pensó, «me parece que prefiero estar encerrado en mi chiquero».

El perro se le acercaba por un lado; Lurvy, el jornalero, se acercaba por otro. La señora Zuckerman estaba lista para cortarle el camino si pretendía ir a la huerta. Y ahora el señor Zuckerman venía hacia él con un cubo. «Esto es realmente terrible», pensó Wilbur, «¿por qué no viene Fern?». Y se echó a llorar.

Pero la gansa se impuso y empezó a darle órdenes.

—¡No te quedes ahí, Wilbur! ¡Esquívalos, esquívalos! —gritó la gansa—. ¡Búrlalos, corre hacia mí, esquiva, esquiva, esquiva! ¡Corre hacia el bosque! ¡Escápate, esquiva, corre!

El perro trató de atrapar una de las patas traseras de Wilbur. Pero Wilbur dio un salto y echó a correr. Lurvy se lanzó, tratando de alcanzarlo. La señora Zuckerman chilló a Lurvy. La gansa animó con gritos a Wilbur. Wilbur se metió entre las piernas de Lurvy. Lurvy no acertó a retenerlo y agarró, por el contrario, una pata del perro.

—¡Bien hecho, bien hecho! —gritó la gansa—. ¡Otra vez, otra vez!

—¡Cuesta abajo! —vocearon las vacas.

—¡Corre hacia mí! —gritó el ganso.

—¡Cuesta arriba! —chillaron las ovejas.

—¡Esquívalos! —le ordenó la gansa.

—¡Salta y gira! —dijo el gallo.

—¡Cuidado con Lurvy! —le avisaron las vacas.

—¡Cuidado con Zuckerman! —le advirtió el ganso.

—¡Ojo con el perro! —gritaron las ovejas.

—¡Escúchame, escúchame! —chilló la gansa.

El pobre Wilbur estaba aturdido y asustado por aquella gritería. No le gustaba ser el centro de aquel tumulto. Trató de seguir los consejos que le daban sus amigos, pero no podía correr cuesta abajo y cuesta arriba al mismo tiempo, ni podía eludir y esquivar al tiempo que giraba y saltaba. Lloraba tanto que apenas podía ver lo que sucedía. Al fin y al cabo Wilbur era un cerdo muy pequeño, no mucho mayor en realidad que un bebé. Deseaba que Fern hubiera estado allí para tomarlo en sus brazos y consolarlo. Cuando alzó los ojos y vio al señor Zuckerman muy cerca de él, con el cubo lleno de desperdicios calientes de comida, se sintió aliviado. Levantó el hocico y lo olió. El aroma era delicioso: leche caliente, cáscaras de papas, cascarillas de trigo, hojuelas de maíz y el panecillo que había sobrado del desayuno de los Zuckerman.

—¡Ven, cerdo! —dijo el señor Zuckerman, golpeando el cubo—. ¡Ven, cerdo!

Wilbur dio un paso hacia el cubo.

—¡No-no-no! —dijo la gansa—. Es el viejo truco del cubo, Wilbur. ¡No te dejes engañar! ¡No te dejes engañar! Está poniéndote un cebo para que vuelvas a la cautividad-vidad. Está seduciendo a tu estómago.

A Wilbur no le importaba. La comida tenía un olor apetitoso. Dio otro paso hacia el cubo.

—¡Cerdo, cerdo! —dijo el señor Zuckerman con voz amable, mirando inocentemente en torno de él como si no se hubiera dado cuenta de que le seguía un cerdito blanco.

—Te arrepentirás-arrepentirás-arrepentirás —le advirtió la gansa.

A Wilbur no le importaba. Siguió caminando hacia el cubo de desperdicios.

—Perderás tu libertad —le gritó la gansa—. Una hora de libertad bien vale un barril de desperdicios.

A Wilbur no le importaba.

Cuando el señor Zuckerman llegó a la pocilga, pasó por encima de la cerca y vertió los desperdicios en la artesa. Luego quitó la tabla suelta de la cerca para que quedara sitio suficiente con objeto de que pudiera entrar Wilbur.

—¡Piénsalo, piénsalo! —chilló la gansa.

Wilbur no le hizo caso. Atravesó la cerca y se metió en el corral. Se dirigió a la artesa. Sorbía la leche y masticaba el panecillo. Era magnífico eso de estar en casa de nuevo.

Mientras Wilbur comía, Lurvy trajo un martillo y unos clavos y colocó la tabla en su sitio. Luego, el señor Zuckerman y él se apoyaron perezosamente en la cerca y el señor Zuckerman rascó el lomo de Wilbur con un palo.

—Todo un cerdo —dijo Lurvy.

—Sí, será un buen cerdo —recalcó el señor Zuckerman.

Wilbur oyó las palabras halagadoras. Sintió la leche caliente dentro de su estómago. Sintió el agradable frotamiento del palo por el lomo que le picaba. Se sintió tranquilo, feliz y soñoliento. Esta había sido una tarde fatigosa. No eran sino las cuatro de la tarde, pero Wilbur ya estaba listo para irse a dormir.

—En realidad, soy demasiado pequeño para salir yo solo al mundo —pensó al echarse.

IV. Soledad

EL DÍA siguiente amaneció lluvioso y sombrío. La lluvia caía sobre el tejado del granero y constantemente goteaba en el alero; en el corral, formaba arroyuelos que, sendero abajo, corrían donde crecían cardos y amarantos. La lluvia también golpeaba contra las ventanas de la cocina de la señora Zuckerman, salía a borbotones de las bocas de los canalones. La lluvia caía sobre los lomos de las ovejas que pastaban en el prado hasta que, cansadas de soportar la lluvia, caminaban lentamente sendero arriba e iban al redil.

La lluvia echó abajo los planes de Wilbur. Wilbur había proyectado salir aquel día al corral y excavar un nuevo agujero. También tenía otros planes. Más o menos eran así:

Desayuno a las seis y media. Nata, mendrugos, cascarillas de trigo, pedazos de torta de harina que todavía conservaban gotas de miel de arce, las sobras de un panecillo, cáscaras de papas, lo que había quedado de un pastel de pasas y hojuelas de cereal.

El desayuno terminaría a las siete.

De siete a ocho Wilbur pensaba tener una charla con Templeton, la rata que vivía bajo su comedero. Hablar con Templeton no resultaba la cosa más interesante del mundo, pero algo era mejor que nada.

De ocho a nueve, Wilbur planeaba echar una siesta al sol.

De nueve a once pensaba excavar un agujero en el suelo o abrir una trinchera y posiblemente hallar enterrado algo que resultara comestible.

De once a doce pensaba permanecer quieto y observar las moscas en las tablas, las abejas sobre los tréboles y las golondrinas en el aire.

A las doce llegaba la hora de comer. Pensó, agua caliente, cáscaras de manzana, restos de zanahoria, pedazos de carne con salsa, maíz molido y cortezas de queso. La comida terminaría a la una.

De una a dos Wilbur pensaba dormir.

De dos a tres proyectaba rascarse en donde le picara, frotándose contra la cerca.

De tres a cuatro pensaba quedarse perfectamente quieto, reflexionando acerca de lo que significaba estar vivo y aguardando a Fern.

A las cuatro llegaría la cena. Crema, forraje, las sobras de la comida de Lurvy, cáscaras de ciruelas, un pedazo de aquí y un poco de allá, papas fritas, gotas de mermelada, un poco más de esto y de aquello, manzana cocida y las migas de un pastel.

Wilbur se fue a dormir pensando en esos planes. Se despertó a las seis, vio la lluvia y le pareció que no podría resistirlo.

—Todo estaba magníficamente planeado y ahora tenía que llover.

Durante un rato permaneció melancólico dentro del granero. Luego se acercó a la puerta y miró. Gotas de lluvia le golpearon en la cara. El corral estaba frío y húmedo. En su comedero había una pulgada de agua. No se veía por ningún sitio a Templeton.

—¿Estás por ahí, Templeton? —llamó Wilbur.

No hubo respuesta. De repente, Wilbur se sintió solo y sin amigos.

—Un día como cualquier otro —se quejó—. Soy muy pequeño; en este granero no tengo verdaderos amigos; lloverá toda la mañana y toda la tarde y Fern no vendrá con un tiempo como éste. ¡Ay, verdaderamente…! —Y por segunda vez en dos días Wilbur se echó a llorar.

A las seis y media Wilbur oyó el sonido de un cubo. Lurvy estaba afuera, bajo la lluvia, removiendo el desayuno.

—¡Vamos, cerdo! —dijo Lurvy.

Wilbur no se movió. Lurvy vertió los desperdicios, raspó el cubo y se alejó. Advirtió que algo le pasaba al cerdo.

Wilbur no quería comida, quería cariño. Quería un amigo, alguien que jugara con él. Habló de esto a la gansa que estaba tranquilamente sentada en un rincón del redil.

—¿Quieres venir a jugar conmigo? —le preguntó.

—Lo siento, lo siento, lo siento —dijo la gansa—. Estoy sentada-sentada sobre mis huevos. Son ocho. Tengo que mantenerlos bien cali-calientes. Tengo que quedarme aquí. No puedo ser ninguna veleveleta. No juego cuando tengo huevos que incubar. Voy a tener gansitos.

—Bueno, yo no pensaba que fueses a tener pájaros carpinteros —dijo Wilbur, hoscamente.

Después, Wilbur se acercó a uno de los corderos:

—Por favor, ¿quieres jugar conmigo? —preguntó.

—De ningún modo —replicó el cordero—. En primer lugar, yo no puedo entrar en tu pocilga. No soy suficientemente grande para saltar la cerca. Y además no me interesan los cerdos. Para mí, los cerdos significan menos que nada.

—¿Qué quieres decir con eso de *menos* que nada?
—contestó Wilbur—. No creo que haya algo que
sea *menos* que nada. Nada es por completo el límite
de la nadería. Es lo más bajo adonde puedes llegar.
Es el final de la línea. ¿Cómo puede ser algo menos
que nada? Si hubiera algo que fuera menos que
nada, entonces nada no sería nada, sería algo...
aunque fuese siquiera un poquito muy pequeño de
algo. Pero si nada es *nada*, entonces nada no tiene
nada que sea menos de lo que *eso* es.

—¡Cállate! —le dijo el cordero—. ¡Vete a jugar
tú solo! ¡Yo no juego con cerdos!

Entristecido, Wilbur se tumbó y escuchó la

lluvia. Poco después, vio a la rata bajar por una tabla inclinada que utilizaba como escalera.

—¿Jugarás conmigo, Templeton? —preguntó Wilbur.

—¿Jugar? —dijo Templeton, retorciéndose los bigotes—. ¿Jugar? Apenas conozco el significado de esa palabra.

—Bueno —respondió Wilbur—, significa divertirse, retozar, correr, brincar y gozar.

—Jamás hago esas cosas, si puedo evitarlo —contestó agriamente la rata—. Prefiero pasar el tiempo comiendo, royendo, espiando y ocultándome. Soy glotona, pero no juguetona. Ahora mismo voy a tu comedero para comerme tu desayuno ya que tú no tienes juicio suficiente para comértelo.

Y la rata Templeton trepó con seguridad por la pared y desapareció en el túnel que ella misma había construido en la pocilga de Wilbur entre la puerta y el comedero. Templeton era una rata mañosa y hacía las cosas a su manera. El túnel era un ejemplo de su habilidad y de su astucia. El túnel le permitía ir desde el granero hasta el escondrijo bajo el comedero del cerdo sin que nadie la viera. Tenía túneles y trincheras por toda la granja del señor Zuckerman y podía ir de un lugar a otro sin que nadie se diera cuenta. Habitualmente dormía de día y salía al oscurecer.

Wilbur la vio desaparecer por el túnel. Casi al instante distinguió el agudo hocico de la rata que asomaba ahora bajo el comedero de madera. Cautelosamente, Templeton subió al borde del comedero. Esto era casi más de lo que Wilbur podía soportar: ver que en aquel día lluvioso y tristón alguien devoraba su desayuno. Sabía que allá afuera, Templeton estaba mojándose, pero ni siquiera eso lo consoló. Sin amigos, abandonado y hambriento, se echó en el estiércol y sollozó.

Aquella tarde, Lurvy fue a ver al señor Zuckerman.

—Creo que al cerdo le pasa algo. No ha tocado la comida.

—Dale dos cucharadas de azufre y un poco de melaza —dijo el señor Zuckerman.

Wilbur no podía creer lo que le sucedía cuando Lurvy lo agarró y lo obligó a tragar la medicina. Aquel era desde luego el peor día de su vida. No sabía si podría resistir más tiempo esa terrible soledad.

La oscuridad cayó de repente. Pronto sólo hubo sombras y los ruidos que hacían las ovejas rumiando, y de vez en cuando, sobre su cabeza, el entrechocar de la cadena de alguna vaca. Puedes imaginarte, pues, la sorpresa de Wilbur cuando de la oscuridad surgió una vocecita que jamás había oído antes. Era muy aguda pero resultaba agradable.

—¿Quieres un amigo, Wilbur? Yo seré amiga tuya. Te he observado todo el día y me caes bien.

—Pero yo no puedo verte —respondió Wilbur, alzándose de un salto—. ¿En dónde estás? ¿Y *quién* eres?

—Estoy aquí arriba —repuso la voz—. Vete a dormir. Ya me verás por la mañana.

V. Carlota

LA NOCHE se hacía larga. Wilbur tenía el estómago vacío y la mente llena. Y cuando tienes el estómago vacío y la mente llena siempre resulta difícil dormir.

Wilbur se despertó una docena de veces a lo largo de la noche. Permanecía mirando en la oscuridad, escuchando los sonidos y tratando de averiguar qué hora sería. Un granero nunca es un lugar completamente silencioso. Incluso a medianoche suele haber algo que se mueve.

La primera vez que se despertó, oyó a Templeton, royendo para abrir un agujero en el arcón del grano. Los dientes de Templeton atacaban con fuerza la madera y hacían muchísimo ruido. «¡Esa condenada rata!», pensó Wilbur. «¿Por qué tiene que permanecer en pie toda la noche, haciendo esos chirridos y destruyendo la propiedad ajena? ¿Por qué no puede irse a dormir como cualquier animal decente?».

La segunda vez que se despertó, Wilbur oyó a la gansa revolviéndose en su nido y cloqueando para sí misma.

—¿Qué hora es? —murmuró Wilbur a la gansa.

—Probablemente-bablemente-bablemente alrededor de las once y media —replicó la gansa—. ¿Por qué no duermes, Wilbur?

—Tengo demasiadas cosas en qué pensar —contestó Wilbur.

—Bueno —repuso la gansa—. Ese no es *mi* problema. Yo no tengo nada en la cabeza, pero tengo muchas cosas debajo. ¿Has intentado alguna vez dormir sentado sobre ocho huevos?

—No —contestó Wilbur—. Supongo que es incómodo. ¿Cuánto tiempo tarda la incubación de un huevo de gansa?

—Aproximadamente-madamente treinta días, por lo general —respondió la gansa—. Pero, a veces hago trampa. En las tardes tibias, pongo un poco de paja sobre los huevos y salgo a dar un paseo.

Wilbur bostezó y volvió a dormirse. En su sueño oyó otra vez la voz que le decía: «Yo seré amiga tuya. Vete a dormir. Ya me verás por la mañana».

Media hora antes de que amaneciera, Wilbur se despertó y escuchó. El granero aún estaba oscuro.

Las ovejas estaban tendidas, inmóviles. Incluso la gansa estaba tranquila. Arriba, en el piso principal, nada se movía: las vacas descansaban y los caballos dormitaban. Templeton había dejado de trabajar y habría ido a hacer algún mandado. El único sonido era un ligero chirrido en el tejado, en donde la veleta iba y venía. A Wilbur le gustaba el granero cuando estaba así, callado y tranquilo, aguardando la luz.

«Casi ha llegado el día», pensó.

Por una pequeña ventana apareció un ligero resplandor. Una tras otra, las estrellas desaparecieron. Wilbur podía ver ya la gansa, a muy corta distancia de él. Estaba sentada con la cabeza metida bajo un ala. Luego pudo distinguir las ovejas y los corderos. El cielo se aclaró.

—¡Oh, qué día tan bello! Hoy veré por fin a mi amiga.

Wilbur miró por todas partes. Observó cuidadosamente el chiquero. Examinó el alféizar de la ventana y contempló el techo. Pero no vio nada nuevo. Finalmente, decidió que tendría que llamarla. No le gustaba romper con su voz el silencio del amanecer, pero no se le ocurrió otra forma de localizar a su misteriosa y nueva amiga a la que no veía por parte alguna. Por lo tanto, Wilbur se aclaró la garganta.

—¡Atención, por favor! —dijo con voz alta y firme—. ¡Ruego a quien anoche, a la hora de dormir, se dirigió a mí, que tenga la amabilidad de hacerse conocer con una señal apropiada!

Wilbur hizo una pausa y escuchó. Todos los demás animales levantaron las cabezas y lo observaron. Wilbur se ruborizó. Pero estaba resuelto a ponerse en contacto con su desconocida amiga.

—¡Atención, por favor! —dijo—. Repetiré el mensaje. Quien anoche, a la hora de dormir, se dirigió a mí, que tenga la amabilidad de hablar. ¡Por favor, dime dónde estás, si es que eres mi amiga!

Las ovejas se miraron unas a otras con expresión de enfado.

—¡Déjate de tonterías, Wilbur! —dijo la oveja de mayor edad—. Si tienes aquí una amiga, probablemente estás interrumpiendo su descanso; y la manera más rápida de echar a perder una amistad es despertar a alguien por la mañana antes de que esté dispuesto a levantarse. ¿Cómo puedes estar seguro de que tu amiga se levanta temprano?

—Les pido perdón —murmuró Wilbur—. No era mi intención molestarles.

Se tendió sumisamente en el estiércol, frente a la puerta. No lo sabía, pero su amiga se hallaba muy cerca. Y la oveja de más edad tenía razón: su amiga aún dormía.

Pronto apareció Lurvy con los desperdicios del desayuno. Wilbur salió a toda prisa, se comió todo en un santiamén y lamió el comedero. Las ovejas se fueron sendero abajo. El ganso siguió tras ellas, arrancando la hierba. Y entonces, precisamente cuando Wilbur se disponía a echar su siesta de la mañana, escuchó de nuevo la aguda vocecita que le habló la noche anterior.

—¡Mis saludos! —dijo la voz.

Wilbur se puso en pie de un salto.

—¿Salu-*qué*? —gritó.

—¡Saludos! —repitió la voz.

—¿Qué es *eso* y dónde estás *tú*? —chilló Wilbur—. Por favor, *por favor*, dime dónde estás. ¿Y qué son saludos?

—Saludos es un recibimiento que se hace —dijo la voz—. Cuando digo «saludos», es mi modo especial de decir «*hola*» o «*buenos días*». Ya sé que es una expresión tonta y me sorprende haberla utilizado. En lo que se refiere al lugar donde estoy, es fácil. ¡Mira, hacia arriba, en la esquina del quicio de la entrada! Aquí estoy. ¡Mira cómo me columpio!

Y por fin Wilbur vio al ser que le había hablado con tanta amabilidad. En el quicio de la puerta, se extendía por su parte superior una gran telaraña. De lo alto de la red, colgando cabeza abajo, había una gran araña gris. Tenía el tamaño de un caramelo. Tenía ocho patas y con una de ellas saludaba a Wilbur.

—¿Me ves ahora? —preguntó.

—Oh, claro —dijo Wilbur—. ¡Sí, desde luego! ¿Qué tal estás? ¡Buenos días! ¡Saludos! Encantado de conocerte. ¿Cómo te llamas, por favor? ¿Puedo saber tu nombre?

—Me llamo Carlota —replicó la araña.

—Carlota, ¿qué más?

—Carlota A. Cavatica. Pero llámame sencillamente Carlota.

—Creo que eres bella —dijo Wilbur.

—Bueno, soy *bonita* —contestó Carlota—. No hay por qué negarlo. Casi todas las arañas tienen muy buena presencia. Yo no soy llamativa como algunas, pero no estoy nada mal. Me gustaría, Wilbur, poder verte tan claramente como me ves tú.

—¿Por qué no puedes? —preguntó el cerdo—. Estoy aquí.

—Sí, pero soy miope —contestó Carlota—. Siempre fui terriblemente miope. Es bueno para algunas cosas, pero no tan bueno para otras. Mira cómo atrapo esta mosca.

Una mosca que había estado husmeando por el comedero de Wilbur echó a volar y aterrizó en la parte inferior de la telaraña. Pronto se enredó en sus hilos pegajosos. La mosca batía las alas con furia, tratando de soltarse y escapar.

—Primero —dijo Carlota—. Me lanzo hacia ella. Se tiró cabeza abajo hacia la mosca. Al descender, un hilo fino y sedoso se desenrolló de su parte posterior.

—Ahora la atrapo.

Se apoderó de la mosca. Lanzó más hilo en torno de ella, le dio varias vueltas y la mosca quedó tan sujeta que no podía moverse. Wilbur estaba horrorizado. Apenas podía creer lo que veía y aunque odiaba a las moscas, sintió pena por aquélla.

—¡Ya está! —dijo Carlota—. Ahora la dejo incons-

ciente para que se encuentre más cómoda.

Mordió a la mosca.

—Ahora ya no siente nada. Será un magnífico desayuno para mí.

—¿Quieres decir que tú *comes* moscas? —preguntó Wilbur con voz entrecortada.

—Pues claro. Moscas, chinches, saltamontes, escarabajos deliciosos, polillas, mariposas, sabrosas cucarachas, jejenes, moscas de agua, tijeretas, ciempiés, mosquitos, grillos, todo el que es suficientemente descuidado como para quedar atrapado en mi red. Tengo que vivir. ¿No crees?

—¿Cómo? Ah, sí, claro —dijo Wilbur—. ¿Y saben bien?

—Deliciosos; en realidad no los como. Los bebo, me bebo su sangre. Me gusta la sangre —dijo Carlota. Y su voz agradable y aguda se tornó aún más aguda y más agradable.

—¡No digas eso! —gimió Wilbur—. ¡Por favor, no digas eso!

—¿Por qué no? Es cierto y tengo que decir lo que es cierto. No me siento enteramente feliz con mi dieta de moscas y chinches, pero así estoy hecha. Una araña tiene que tener una manera de vivir u otra y resulta que yo soy atrapadora. De un modo justamente natural, tejo una red y atrapo moscas y otros insectos. Antes que yo, mi madre también fue atrapadora. Y antes que ella, su madre fue atrapadora. En nuestra familia todas hemos sido atrapadoras. Desde hace miles y miles de años nosotras, las arañas, hemos estado tendiendo trampas a las moscas y a las chinches.

—Es una terrible herencia —dijo Wilbur som-
bríamente. Se sentía triste porque su nueva amiga
era un ser sediento de sangre.

—Sí, lo es —admitió Carlota—. Pero yo no puedo
evitarlo. Ignoro cómo fue eso de que, en los primeros
días del mundo, a aquella araña antepasada nuestra
se le ocurriera la extraña idea de tejer una red, pero
la hizo, y fue toda una hazaña. Desde entonces
todas nosotras, las arañas, hemos tenido que recurrir al mismo truco. Mirándolo bien, no está nada
mal.

—Es cruel —declaró Wilbur, que no estaba dispuesto a cambiar de opinión.

—Bueno, *tú* no puedes hablar —dijo Carlota—.
A *ti* te traen la comida en un cubo. Nadie me alimenta a mí. Yo tengo que ganarme la vida. He de
vivir de mi ingenio. He de ser rápida y astuta, pues
de otro modo me quedaría hambrienta. Tengo que
meditar las cosas, capturar lo que sea, apoderarme
de lo que venga. Y sucede, amigo mío, que lo que
aquí viene son moscas, insectos, chinches.

—Y *además* —añadió Carlota, agitando una de
sus patas—, ¿te has detenido a pensar que si yo no
capturase insectos y me los comiera, esos insectos
aumentarían y se multiplicarían y llegarían a ser tan
numerosos que acabarían por destruir la Tierra,

devorándolo todo?

—¿De verdad? —dijo Wilbur—. No me gustaría que *eso* sucediera. Quizás después de todo, tu tela de araña sea una buena cosa.

La gansa había estado escuchando la conversación y cloqueando para sí misma. «Hay realmente muchas cosas de la vida que Wilbur no conoce», pensó. «Verdaderamente es un cerdito muy inocente. Ni siquiera sabe lo que le pasará cuando llegue la época de Navidad; no tiene idea de que el señor Zuckerman y Lurvy proyectan matarle».

Y la gansa alzó un tanto la cabeza y removió los huevos un poco para que recibieran todo el calor de su cálido cuerpo y de sus suaves plumas.

Carlota permaneció en silencio sobre la mosca, disponiéndose a comerla. Wilbur se tendió y cerró los ojos. Estaba cansado de la noche en vela y de la excitación de haber conocido a su nueva amiga por primera vez. Una brisa le trajo el olor de los tréboles, del mundo de dulces olores que se extendía más allá de su cerca. «Bueno», pensó, «ya tengo una amiga, de acuerdo. ¡Pero menuda amistad! Carlota es fiera, brutal, astuta y sanguinaria, todo lo que a mí no me gusta. ¿Cómo puede llegar a agradarme, aunque sea bonita y, desde luego, lista?».

Wilbur simplemente sufría las dudas y los

temores que con frecuencia acompañan al hallazgo de una nueva amistad. Con el tiempo descubriría que estaba equivocado acerca de Carlota. Bajo una apariencia descarada y cruel, tenía un corazón tierno y demostraría hasta el final su lealtad y su sinceridad.

VI. Días de verano

LOS PRIMEROS días de verano en una granja son los más felices y alegres del año. Las lilas florecen y endulzan el aire y luego se marchitan. Con las lilas llega también el florecer de los manzanos y las visitas de las abejas en torno de las ramas. Los días se tornan tibios y suaves. Acaba la escuela y los niños tienen tiempo para jugar y para pescar truchas en el arroyo. Avery regresaba a menudo a su casa con una trucha en el bolsillo, tibia y tiesa y lista para que la frieran para la cena.

Ahora que había concluido la escuela, Fern visitaba el granero casi todos los días y se sentaba en silencio en la banqueta. Los animales la trataban como a uno de los suyos. Las ovejas se tendían tranquilamente a sus pies.

Hacia el primero de julio, los caballos de tiro fueron enganchados a la segadora y el señor Zuckerman se subió al pescante y se dirigió al campo. Uno podía oír durante toda la mañana el zumbido de la máquina, yendo y viniendo mientras las altas hierbas caían en fajos largos y verdes tras la segadora. Al día siguiente, si no había tormenta, todos ayudaban a recoger, reunir y cargar el heno que sería llevado al granero en un carromato, con Fern y Avery sentados encima de la carga. Luego el heno, dulzón y cálido, sería almacenado en el enorme sobrado hasta que todo el granero pareciese una maravillosa cama de alfalfa y trébol. Era magnífico saltar allí, y resultaba un lugar perfecto para ocultarse. A veces Avery encontraba en el heno una culebrilla y la añadía a las demás cosas en su bolsillo.

Los primeros días de verano son una época maravillosa para los pájaros. En los campos, en torno de la casa, en el granero, en el bosque, en la ciénaga, todo es amor, gorjeos, nidos y huevos. Desde la linde del bosque, el gorrión de cuello blanco (que viene nada menos que de Boston) grita:

—¡Oh, pibu, pibu, pibu!

En la rama de un manzano el febe se columpia, menea la cola y dice:

— ¡Fibi, fi-biii!

El jilguero, que sabe cuán breve y encantadora es la vida, dice:

—Muy, muy, muy dulce; muy, muy, muy dulce.

Si entras en el granero, las golondrinas te observan desde sus nidos y te ordenan:

—¡Vete, vete!

En los primeros días de verano son muchísimas las cosas que un niño puede comer y beber y chupar y mascar. Los tallos de dientes de león rebosan de leche. Las cabezas de los tréboles guardan néctar, el refrigerador está repleto de bebidas heladas. Hay vida allá dondequiera que mires, incluso en la bolita de la punta del tallo de la cizaña. Si la abres, verás que tiene dentro un gusano verde. Y en el reverso de la hoja de una papa están los brillantes huevos anaranjados del escarabajo de esa planta.

Fue un día del comienzo del verano cuando terminó la incubación de los huevos de la gansa. Aquel constituyó un importante acontecimiento en el piso inferior del granero. Cuando sucedió, allí estaba Fern, sentada en la banqueta.

Si se exceptúa a la propia gansa, Carlota fue la primera en saber que habían llegado por fin los gansitos. La gansa sabía desde hacía un día que llegaban; pudo oír sus vocecillas llamándola desde dentro de los huevos. Supo que se hallaban ya agobiados allí dentro y que se sentían ansiosos de romper el cascarón y salir. Así que se sentó completamente inmóvil y habló menos que de costumbre.

Cuando el primer gansito asomó su cabeza gris

verdosa entre las plumas de la gansa y observó en torno, Carlota se fijó en él e hizo el anuncio.

—Estoy segura —dijo— de que cada uno de los que aquí estamos se alegra al saber que tras cuatro semanas de un esfuerzo y una paciencia inagotables por parte de nuestra amiga, la gansa tiene algo que mostrarnos. Han llegado los gansitos. ¡Mi más sincera felicitación!

—¡Gracias, gracias, gracias! —dijo la gansa inclinando ostentosamente la cabeza.

—Gracias —dijo el ganso.

—¡Enhorabuena! —gritó Wilbur—. ¿Cuántos gansitos hay ahí? Yo sólo puedo ver uno.

—Hay siete —replicó la gansa.

—¡Magnífico! —dijo Carlota—. Siete es el número de la suerte.

—La suerte nada tiene que ver en esto —intervino la gansa—. Todo fue cosa de buenos cuidados y de trabajo constante.

En aquel momento, Templeton asomó su hocico desde su escondrijo bajo el comedero de Wilbur. Observó a Fern y luego se deslizó cautelosamente hacia la gansa, bien pegada a la pared. Todo el mundo la observaba porque a nadie le gustaba, ni nadie confiaba en ella.

—Mira —empezó a decir con su voz aguda— tú dices que tienes siete gansitos. Había ocho huevos.

¿Qué pasó con el otro huevo? ¿Por qué no ha salido otro gansito?

—Está vacío, supongo —respondió la gansa.

—¿Y qué vas a hacer con él? —prosiguió Templeton, clavando en la gansa sus ojillos redondos y brillantes.

—Puedes quedarte con él —respondió la gansa—. Llévatelo rodando y súmalo a tu colección de cosas desagradables (Templeton tenía la costumbre de recoger los objetos más raros que encontraba en la granja y guardarlos en su casa. Se quedaba con todo).

—Ciertamente-tamente-tamente —dijo el ganso—. Puedes quedarte con el huevo. Pero te diré una cosa, Templeton, si veo que husmeas con tu feo-feo-feo hocico en torno de nuestros gansitos, te daré la paliza más grande que jamás recibió rata alguna.

Y el ganso abrió sus fuertes alas y batió el aire para mostrar su fuerza. Era vigoroso y valiente, pero la verdad es que tanto la gansa como el ganso estaban preocupados por culpa de Templeton. Y con buen motivo. La rata no tenía moral, ni conciencia, ni escrúpulos, ni consideración, ni decencia. Ignoraba lo que eran la amabilidad, el remordimiento, la amistad y los buenos sentimientos. La gansa sabía muy bien que mataría a un gansito si pudiera. Todos lo sabían.

Con su ancho pico, la gansa echó fuera de su nido el huevo vacío y todos los presentes vieron con disgusto cómo la rata lo echaba a rodar llevándoselo de allí. Incluso Wilbur, que era capaz de comerse casi cualquier cosa, se sentía espantado.

—¡Mira que querer un huevo podrido! —murmuró.

—Una rata es una rata —dijo Carlota. Lanzó una estridente risita—. Pero, amigos míos, si rompe ese huevo, no habrá quien pueda vivir en este granero.

—¿Qué quieres decir? —preguntó Wilbur.

—Pues que nadie podrá soportar el olor. Un huevo podrido es una verdadera bomba fétida.

—No lo romperé —gruñó Templeton—. Sé lo que hago. Manejo constantemente cosas como ésta.

Desapareció en el túnel, empujando ante sí el huevo de la gansa hasta que consiguió introducirlo en su madriguera bajo el comedero.

Aquella tarde, cuando se calmó el viento y el granero quedó tranquilo y silencioso, la gansa gris sacó a sus siete gansitos del nido y se los llevó afuera. El señor Zuckerman los vio cuando vino con la cena de Wilbur.

—¡Caramba! —dijo, al tiempo que mostraba una ancha sonrisa—. Vamos a ver… uno, dos, tres, cuatro, cinco, seis, siete. Siete gansitos. ¡Espléndido!

VII. Malas noticias

A WILBUR le gustaba cada día más Carlota. Su campaña contra los insectos parecía inteligente y útil. Difícilmente se hubiera encontrado en toda la granja a alguien dispuesto a decir algo en favor de las moscas. Las moscas pasaban el tiempo molestando a los demás. Las vacas las odiaban. Los caballos las detestaban. Las ovejas las aborrecían. El señor y la señora Zuckerman siempre estaban quejándose de las moscas y poniendo rejillas para que no pasaran.

Wilbur admiraba el modo de comportarse de Carlota. Le agradaba especialmente que siempre durmiera a su víctima antes de comérsela.

—Es verdaderamente considerado lo que tú haces, Carlota —le dijo.

—Sí —replicó con su voz dulce y musical—. Siempre les doy un anestésico para que no sientan dolor. Es un pequeño servicio que presto.

Wilbur fue creciendo con el paso del tiempo. Tragaba tres grandes comidas al día. Pasaba largas horas tendido de costado, medio dormido, entregado a agradables sueños. Disfrutaba de buena salud y subió mucho de peso. Una tarde, cuando Fern estaba sentada en la banqueta, la oveja mayor acudió a hacerle una visita a Wilbur.

—¡Hola! —le dijo—. Me parece que estás aumentando de peso.

—Sí, supongo que sí —replicó Wilbur—. A mi edad es una buena idea subir de peso.

—Pues yo no te envidio —afirmó la oveja—. Supongo que sabes por qué te engordan.

—No —contestó Wilbur.

—Bueno —explicó la oveja mayor—, no me agrada difundir malas noticias, pero están engordándote porque van a matarte, por eso es.

—Que van a hacer *¿qué?* —chilló Wilbur. Fern se puso rígida en la banqueta.

—Matarte. A convertirte en tocino ahumado y en jamón —prosiguió la oveja—. Casi todos los cerdos jóvenes acaban asesinados por el granjero cuando empieza el frío más intenso. Aquí hay una verdadera conspiración para matarte en Navidad. Todo el mundo está en el asunto: Lurvy, Zuckerman, incluso John Arable.

—¿El señor Arable? —preguntó entre sollozos Wilbur—. ¿El papá de Fern?

—Desde luego. Cuando llega la matanza de un cerdo, todo el mundo ayuda. Yo soy una oveja de mucha edad y año tras año veo la misma cosa, el mismo asunto de siempre. Arable llega con su escopeta de calibre 22, dispara…

—¡Calla! —chilló Wilbur—. ¡Yo no quiero morir! ¡Que me salve alguien! ¡Que me salve!

Fern estaba a punto de saltar cuando se oyó una voz.

—¡Serénate, Wilbur! —dijo Carlota, que había

estado escuchando aquella terrible conversación.

—No puedo serenarme —gritó Wilbur, corriendo de un lado para otro—. No quiero que me maten. No quiero morir. ¿Es cierto lo que dice esta oveja, Carlota? ¿Es cierto que me matarán cuando llegue el frío?

—Bueno —contestó la araña agarrándose pensativa a su red—, esta oveja ha vivido mucho tiempo en el granero. Ha visto llegar y desaparecer a muchos cerdos. Si dice que piensan matarte, estoy segura de que es cierto. Es también la cosa más sucia que haya oído nunca. ¡Hay que ver lo que la gente es capaz de tramar!

Wilbur rompió a llorar.

—Yo no *quiero* morir —gimió—. Yo quiero seguir vivo aquí, en mi cómodo montón de estiércol, con todos mis amigos. Quiero respirar este magnífico aire y tenderme bajo este sol tan bello.

—Vaya escándalo que has organizado —le reprendió la oveja.

—¡Yo no quiero morir! —chilló Wilbur, tirándose al suelo.

—No morirás —declaró Carlota con viveza.

—¿Cómo? ¿De verdad? —gritó Wilbur—. ¿Quién va a salvarme?

—Yo —respondió Carlota.

—¿Y de qué modo?

—Eso ya lo veremos. Pero voy a salvarte y quiero que te serenes inmediatamente. Estás portándote como un niño. ¡Deja de llorar! ¡No soporto a los histéricos!

VIII. Una charla en casa

UN DOMINGO por la mañana, el señor y la señora Arable desayunaban con Fern en la cocina. Avery ya había terminado y estaba en el piso de arriba, buscando su tirapiedras.

—¿Saben que el tío Homer ha tenido gansitos?

—¿Cuántos? —preguntó el señor Arable.

—Siete —replicó Fern—. Había ocho huevos, pero uno no se dio y la gansa le dijo a Templeton que ya no lo quería, así que ella se lo llevó.

—¿Que la gansa hizo qué? —preguntó el señor Arable, observando a su hija con una mirada de extrañeza y preocupación.

—Le dijo a Templeton que ya no quería el huevo —repitió Fern.

—¿Quién es Templeton? —preguntó la señora Arable.

—Es la rata —repuso Fern—. A ninguno de nosotros nos gusta mucho.

—¿Quiénes son «nosotros»? —preguntó el señor Arable.

—Oh, pues todos los del piso de abajo del granero. Wilbur, las ovejas, los corderos, el ganso, la gansa, los gansitos, Carlota y yo.

—¿Carlota? —preguntó la señora Arable—. ¿Quién es Carlota?

—Es la mejor amiga de Wilbur. Es tremendamente lista.

—¿Qué aspecto tiene? —preguntó la señora Arable.

—Bien… —respondió Fern—. Tiene ocho patas, como todas las arañas, supongo.

—¿Carlota es una araña? —preguntó la madre de Fern. Fern asintió.

—Gris y grande. Tiene su tela en lo alto de la entrada donde está la pocilga de Wilbur. Atrapa moscas y les chupa la sangre. Wilbur la adora.

—¿Sí? —añadió un tanto vagamente la señora Arable. Miraba a Fern con expresión preocupada.

—Oh, sí. Wilbur adora a Carlota —declaró Fern—. ¿Saben lo que dijo Carlota cuando salieron los gansitos?

—No tengo ni la más ligera idea —dijo el señor Arable—. Cuéntanoslo.

—Pues bien, cuando el primer gansito asomó su cabecita de debajo de la gansa, yo estaba sentada en mi banqueta en un rincón y Carlota estaba en su telaraña. Pronunció un pequeño discurso. Dijo: «Estoy segura de que cada uno de los que aquí estamos en el piso inferior del granero se alegra al saber que tras cuatro semanas de un esfuerzo y una paciencia inagotables por su parte, la gansa tiene algo que mostrarnos». ¿No les parece que fue muy amable de su parte decir eso?

—Sí, claro —respondió la señora Arable—. Y ahora, Fern, ya es hora de que te prepares para ir a la clase de religión del domingo. Y avisa a Avery para que se prepare también. Esta tarde podrás contarme más cosas acerca de lo que sucede en el granero del tío Homer. ¿No crees que pasas mucho tiempo allí? Vas casi todas las tardes. ¿Verdad?

—Me gusta estar allí —contestó Fern. Se limpió la boca y corrió escalera arriba. En cuanto salió de la habitación, la señora Arable le habló en voz baja a su marido.

—Me preocupa Fern —dijo—. ¿Te has fijado cómo divagaba acerca de los animales, pretendiendo que hablan?

El señor Arable esbozó una risita.

—Tal vez hablen —dijo—. A veces me lo he preguntado. En cualquier caso, no te preocupes por Fern. Sencillamente, tiene una imaginación muy viva. Los niños creen que oyen todo tipo de cosas.

—Pues, a pesar de todo, me *preocupa* —respondió la señora Arable—. Creo que le preguntaré al doctor Dorian acerca de ella la próxima vez que lo vea. Quiere a Fern casi tanto como nosotros y quiero que sepa de su extraña manera de actuar con el cerdo y con todo. Me parece que no es normal. Sabes perfectamente que los animales no hablan.

El señor Arable se sonrió.

—Tal vez nuestro oído no sea tan fino como el de Fern —dijo.

IX. La bravata de Wilbur

UNA TELARAÑA es más fuerte de lo que parece. Aunque formada por hilos finos y delicados, la red no se rompe fácilmente. Pero una tela de araña se rompe día tras día cuando los insectos atrapados tratan de escapar. La araña tiene que repararla cuando se llena de agujeros. A Carlota le gustaba entretejerla al final de la tarde y a Fern le gustaba sentarse cerca y observar. Una tarde oyó una conversación interesantísima y fue testigo de un extraño acontecimiento.

—Tienes unas patas horriblemente peludas, Carlota —dijo Wilbur mientras la araña se afanaba en su tarea.

—Mis patas son peludas por una buena razón —replicó Carlota—. Además, cada una de mis patas tiene siete partes: la coxa, el trocánter, el fémur, la patela, la tibia, el metatarso y el tarso.

Wilbur se cayó sentado de la sorpresa.

—Estás bromeando —dijo.

—No, en absoluto.

—Di esos nombres de nuevo. No los capté la primera vez.

—Coxa, trocánter, fémur, patela, tibia, metatarso y tarso.

—¡Caramba! —comentó Wilbur al tiempo que observaba sus patas rechonchas—. No creo que *mis* patas tengan siete partes.

—Bueno —declaró Carlota— tú y yo llevamos vidas diferentes. Tú no tienes que tejer una tela de araña. Eso exige mucho trabajo a las patas.

—Yo podría tejer una telaraña si quisiera —se jactó Wilbur—. Lo que pasa es que nunca lo he intentado.

—Vamos a ver cómo lo haces —dijo Carlota. Fern soltó una risita y sus ojos se agrandaron por el cariño que sentía hacia el cerdo.

—De acuerdo —repuso Wilbur—. Tú guíame y yo tejeré una tela de araña. ¿Cómo empiezo?

—¡Respira hondo! —dijo Carlota sonriente. Wilbur respiró hondo—. Ahora sube lo más alto que puedas. Así.

Y Carlota trepó a toda prisa hasta lo alto de la entrada. Wilbur se afanó por llegar a la cumbre del montón de estiércol.

—¡Muy bien! —dijo Carlota—. ¡Ahora haz un enganche con tus hileras, lánzate al espacio y suelta hilo a medida que caes!

Wilbur titubeó un momento, y luego se lanzó al vacío. A toda prisa volvió la cabeza para ver si le seguía una cuerda que frenara su caída, pero nada parecía suceder en su parte posterior y lo que a continuación supo fue que aterrizó de un porrazo.

—¡Pum! —gruñó.

Carlota lanzó tal carcajada que empezó a temblar toda la tela de araña.

—¿Qué es lo que hice mal? —preguntó el cerdo cuando se recobró del golpe.

—Nada —respondió Carlota—. Fue un buen intento.

—Me parece que lo intentaré otra vez —dijo Wilbur alegremente—. Me parece que lo que necesito es una cuerda que me sujete.

El cerdo salió a su corral.

—¿Estás ahí, Templeton? —la llamó. La rata asomó la cabeza por debajo del comedero.

—¿Puedes prestarme una cuerda? —preguntó Wilbur—. La necesito para tejer una telaraña.

—Sí, desde luego —replicó Templeton, que guardaba cuerdas—. No hay ningún problema. Te la daré sin compromiso.

Se metió en el agujero, echó a un lado el huevo de gansa y volvió con un pedazo de cuerda vieja y sucia. Wilbur la examinó.

—Esto es lo que necesito —declaró—. Ata un extremo a mi rabo. ¿Quieres, Templeton?

Wilbur se agachó, presentando a la rata su rabito rizado. Templeton tomó la cuerda, la pasó por el extremo del rabo del cerdo e hizo dos nudos. Carlota lo observaba encantada. Al igual que Fern, Carlota quería mucho a Wilbur, cuya olorosa pocilga y cuya comida rancia atraían a las moscas que ella necesitaba. Le enorgullecía saber que no desistía con facilidad y que trataba otra vez de tejer una telaraña.

Mientras la rata, la araña y la niña lo miraban, Wilbur volvió a subir a lo alto del montón de estiércol, rebosante de energía y de esperanza.

—¡Miren todos! —gritó. Y haciendo acopio de todas sus fuerzas, se lanzó de cabeza. La cuerda fue tras él. Pero se había olvidado de sujetar el otro extremo a algo. Wilbur aterrizó de golpe. Se aplastó, dolorido, contra el suelo. Las lágrimas asomaron a sus ojos. Templeton se sonrió. Carlota se sentó en silencio. Al cabo de un instante habló:

—Tú no puedes tejer una tela de araña, Wilbur, y te aconsejo que te olvides de la idea. Te faltan dos cosas para poder tejer una tela de araña.

—¿Cuáles son? —preguntó Wilbur entristecido.

—Careces de una serie de hileras y te falta la técnica. Pero alégrate, tú no necesitas tener tela de araña. Zuckerman te proporciona cada día tres grandes comidas. ¿Por qué tienes que preocuparte por atrapar alimentos?

Wilbur suspiró.

—Eres mucho más hábil y más lista que yo, Carlota. Me imagino que lo que yo hice fue una pura tontería.

Templeton desató la cuerda y se la llevó a su casa. Carlota volvió a tejer.

—No tienes por qué ponerte así, Wilbur —le dijo—. No son muchos los seres que pueden tejer redes. Incluso los hombres no son tan buenos en eso como las arañas, aunque ellos *piensan* que son muy listos e intentarán cualquier cosa. ¿Oíste hablar del puente de Queensborough?

Wilbur movió la cabeza.

—¿Es una tela de araña?

—Algo parecido —replicó Carlota—. Pero, ¿sabes cuánto les costó a los hombres construirlo? Ocho años enteros. Caramba, yo me habría muerto de hambre si hubiese tardado tanto tiempo.

—¿Y qué es lo que los hombres atrapan en el puente de Queensborough? ¿Insectos? —preguntó Wilbur.

—No —respondió Carlota—. No atrapan nada. Simplemente trotan entre uno y otro extremo, pensando que en el otro lado hay algo mejor. Si se colgaran cabeza abajo en lo alto de aquella cosa y aguardaran en silencio, quizás les llegaría algo bueno. Pero no… con los hombres es siempre prisa, prisa, prisa, a cada minuto que pasa. Me alegra ser una araña sedentaria.

—¿Qué significa eso de *sedentaria*? —preguntó Wilbur.

—Significa que paso inmóvil buena parte del tiempo y no me lanzo a vagar por el mundo. Sé distinguir una buena cosa cuando la veo y mi tela de araña es una buena cosa. Aquí permanezco y espero lo que llegue. Me proporciona la posibilidad de pensar.

—Pues supongo que yo también soy sedentario —dijo el cerdo—. Tengo que permanecer aquí, tanto si me gusta como si no me gusta. ¿Sabes dónde me gustaría estar de verdad esta tarde?

—¿Dónde?

—En un bosque, buscando hayucos y trufas y raíces sabrosas, apartando las hojas con mi espléndido y fuerte hocico, husmeando y hurgando la tierra, oliendo, oliendo, oliendo…

—Tú hueles a lo que eres —observó un cordero que acababa de entrar—. Puedo olerte desde aquí. Eres la criatura más apestosa de este lugar.

Wilbur agachó la cabeza. Las lágrimas humedecieron sus ojos. Carlota advirtió su turbación y se dirigió ásperamente al cordero.

—¡Deja en paz a Wilbur! —dijo—. Tiene perfecto derecho a oler así, considerando lo que le rodea. Y tú tampoco eres precisamente un manojo de guisantes de olor. Además, has interrumpido una conversación muy agradable. ¿De qué hablabas, Wilbur, cuando fuimos tan groseramente interrumpidos?

—Oh, ya no me acuerdo —dijo Wilbur—. No

importa. Vamos a dejar de hablar por un rato, Carlota. Está entrándome sueño. Sigue adelante y acaba de arreglar tu telaraña y yo me tenderé aquí y te observaré. Es una tarde maravillosa.

Wilbur se tendió de costado.

El crepúsculo cayó sobre el granero de Zuckerman, acompañado de una sensación de paz. Fern sabía que ya era casi la hora de cenar pero no podía aceptar la idea de marcharse. Las golondrinas entraron y salieron, volando en silencio, para llevar comida a sus pequeños. Al otro lado de la carretera un pájaro cantó:

—¡Uippuuuí, uippuuuí!

Lurvy se sentó bajo un manzano y encendió su pipa; los animales percibieron el olor familiar del tabaco fuerte. Wilbur oyó el croar del sapo en el bosque y el ruido ocasional de la puerta de la cocina. Todos aquellos sonidos hacían que se sintiera a gusto y feliz porque amaba la vida y le agradaba ser parte del mundo en una tarde de verano. Pero, mientras estaba allí tendido, se acordó de lo que le había dicho aquella oveja. El pensamiento de la muerte llegó hasta él y comenzó a temblar de miedo.

—Carlota —dijo en voz baja.

—¿Qué quieres, Wilbur?

—No deseo morir.

—Pues claro —replicó Carlota con acento animoso.

—Sencillamente, me gusta estar aquí, en el granero —añadió Wilbur—. Me gusta todo lo de este lugar.

—Es natural —repuso Carlota—. A todos nos pasa lo mismo.

Apareció la gansa, seguida por sus siete gansitos. Echaban hacia adelante sus pescuecitos y lanzaban continuamente un silbido musical, como un pequeño grupo de gaiteros. Wilbur escuchó aquel sonido con el corazón rebosante de cariño.

—Carlota —dijo.

—¿Qué? —replicó la araña.

—¿Hablabas en serio cuando me prometiste que impedirías que me mataran?

—Jamás hablé más en serio en toda mi vida. No dejaré que mueras, Wilbur.

—¿Y cómo vas a salvarme? —preguntó Wilbur, cuya curiosidad acerca de esa cuestión era muy fuerte.

—Bueno —respondió Carlota vagamente—. En realidad no lo sé. Pero estoy preparando un plan.

—Eso es maravilloso —dijo Wilbur—. ¿Y cómo marcha el plan? ¿Has progresado mucho? ¿Se desarrolla bien?

Wilbur temblaba de nuevo, pero Carlota se

mostraba fría y reservada.

—Oh, va bien —respondió a la ligera—. El plan se encuentra todavía en sus primeras fases; aún no le he dado forma, pero trabajo en el asunto.

—¿Y cuándo trabajas? —preguntó Wilbur con acento suplicante.

—Cuando cuelgo cabeza abajo de lo alto de mi telaraña. Entonces es cuando pienso, porque toda la sangre se me va a la cabeza.

—Me gustaría ayudarte en todo lo que pudiera.

—Bah, lo haré yo sola —replicó Carlota—. Puedo pensar mejor cuando lo hago sola.

—De acuerdo —añadió Wilbur—. Pero no dejes de hacerme saber si hay algo en lo que yo pueda ayudar, por insignificante que parezca.

—Bueno —contestó Carlota—. Tienes que tener más confianza en ti mismo. Quiero que duermas mucho y dejes de preocuparte. ¡Nada de prisas ni de preocupaciones! Mastica cuidadosamente la comida y cómetela toda, a excepción de lo que hayas de dejar para Templeton. Aumenta de peso y consérvate sano. Esta es la manera en que tú puedes ayudar. Has de mantenerte en forma y no dejarte dominar por los nervios. ¿Crees que lo entiendes?

—Sí, lo entiendo —replicó Wilbur.

—Vete entonces a dormir —dijo Carlota—. El sueño es importante.

Wilbur trotó hasta el rincón más oscuro de su pocilga y allí se dejó caer. Cerró los ojos, pero al instante volvió a hablar.

—Carlota.

—¿Qué, Wilbur?

—¿Puedo salir hasta mi comedero y ver si queda algo de mi cena? Me parece que dejé algo de papas cocidas.

—Muy bien —respondió Carlota—. Pero quiero que te eches a dormir sin más demora.

Wilbur echó a correr hacia el corral.

—¡Lentamente, lentamente! —le recordó Carlota—. ¡Nada de prisas ni de preocupaciones!

Wilbur refrenó su carrera y se deslizó despacio hasta el comedero. Encontró restos de papas, los masticó cuidadosamente, se los tragó y volvió a su rincón. Cerró los ojos y permaneció callado durante un rato.

—Carlota —dijo susurrando.

—¿Qué?

—¿Puedo beber un poco de leche? Me parece que en el comedero quedan algunas gotas.

—No, el comedero está seco y quiero que te duermas. ¡Deja ya de hablar! ¡Cierra los ojos y duérmete!

Wilbur cerró los ojos. Fern se levantó de la banqueta y se encaminó a su casa. Su mente rebosaba de todo lo que había visto y oído.

—¡Buenas noches, Carlota! —dijo Wilbur.

—¡Buenas noches, Wilbur!

Una pausa.

—¡Buenas noches, Carlota!

—¡Buenas noches, Wilbur!

—¡Buenas noches!

—¡Buenas noches!

X. Una explosión

DÍA TRAS día, la araña aguardaba cabeza abajo a que le llegara una idea. Pasaba inmóvil hora tras hora, sumida en sus pensamientos. Tras haber prometido a Wilbur que salvaría su vida, estaba resuelta a cumplir su promesa.

Carlota era paciente por naturaleza. Sabía por experiencia que si esperaba el tiempo suficiente, una mosca llegaría hasta su telaraña; y tenía la seguridad de que si pensaba bastante en el problema de Wilbur, una idea le llegaría a su mente.

Por fin, una mañana a mediados de julio le llegó la idea. «¡Claro, es perfectamente simple!» se dijo a sí misma. «El modo de salvar la vida de Wilbur consiste en hacerle un truco a Zuckerman. Si soy capaz de engañar a un insecto», pensó Carlota, «entonces tengo que ser capaz de engañar a un hombre. Las personas no son tan listas como los insectos».

Precisamente en aquel momento salió Wilbur al corral.

—¿En qué estás pensando, Carlota? —preguntó.

—Pensaba —dijo la araña— que las personas son muy crédulas.

—¿Qué significa «crédulas»?

—Fáciles de engañar —repuso Carlota.

—¡Qué suerte! —respondio Wilbur. Y se tendió a la sombra de la cerca y se quedó dormido. La araña, por el contrario, permaneció muy despierta, observándolo cariñosamente y haciendo planes para su futuro. Medio verano había transcurrido ya. Sabía que no le quedaba mucho tiempo.

✳ ✳ ✳

Aquella mañana, justamente cuando Wilbur se quedó dormido, Avery Arable apareció en el patio de los Zuckerman, seguido por Fern. Avery llevaba en la mano una rana viva. Fern lucía una corona de margaritas en el pelo. Los dos niños corrieron hacia la cocina.

—Llegan a tiempo para comer un poco de pastel de arándanos —dijo la señora Zuckerman.

—¡Mira mi rana! —dijo Avery, colocando la rana en el escurreplatos y tendiendo una mano hacia el pastel.

—¡Quita eso de ahí! —le ordenó la señora Zuckerman.

—Está caliente —dijo Fern—. Esa rana está ya casi muerta.

—No lo está —replicó Avery—. Voy a rascarle entre los ojos.

La rana dio un salto y fue a caer en la paila de fregar platos llena de agua jabonosa.

—Estás manchándote con el pastel —dijo Fern—. Tía Edith, ¿puedo ir a buscar huevos al gallinero?

—¡Fuera los dos! ¡Y no molesten a las gallinas!

—Se lo está echando todo encima —gritó Fern—. Está manchándose.

—¡Vamos, rana! —gritó Avery. Rescató la rana, que al sacudirse, salpicó el pastel con agua jabonosa.

—¡Otra crisis! —gimió Fern.

—¡Vamos al columpio! —dijo Avery.

Los chicos corrieron hacia el granero.

El señor Zuckerman tenía el mejor columpio de todo el condado. Consistía en una sola soga atada a la viga de la entrada norte del granero. En el extremo de la soga había un nudo grueso para sentarse. La ventaja mayor era que no necesitaba de nadie que empujara. Te subías por una escalera hasta el depósito de heno. Luego, sujetando la soga, te asomabas al borde, mirabas hacia abajo y empezabas a sentir miedo y vértigo. Entonces te montabas a horcajadas sobre el nudo, hacías acopio de valor, respirabas hondo y saltabas. Durante un segundo tenías la impresión de que ibas a estrellarte contra el suelo del granero, pero de repente la soga te sujetaba y pasabas columpiándote por la entrada, a más de una milla por minuto. El viento silbaba sobre tus ojos, tus orejas y tu pelo. Luego te remontabas por el aire, veías las nubes, la soga se retorcía y giraba y tú te retorcías y girabas con la soga. Después caías, y caías del cielo, y volvías al granero, casi al mismo depósito de heno desde el que te tiraste. Volvías a subir (pero esta vez no tan arriba), y otra vez más; subías así varias veces hasta que saltabas al suelo y dejabas que otro se columpiara.

El columpio de Zuckerman era la preocupación de muchas madres en millas a la redonda. Temían que algún niño se cayera. Pero jamás se cayó nadie. Por lo general, los niños saben agarrarse mejor de lo que sus padres creen.

Avery se metió la rana en el bolsillo y se subió al depósito de heno.

—La última vez que me columpié —gritó— casi choco con una golondrina del granero.

—¡Suelta esa rana! —le ordenó Fern.

Avery se montó en el nudo de la soga y saltó. Salió por la puerta y se alzó hacia el espacio, con rana y todo. Luego retornó al granero.

—¡Tienes la lengua morada! —gritó Fern.

—¡Como la tuya! —le respondió con la misma fuerza Avery, que se lanzaba de nuevo con la rana hacia las alturas.

—¡Se me ha metido heno dentro del vestido! ¡Me pica! —dijo Fern.

—¡Pues ráscate! —le gritó Avery cuando volvió a lanzarse hacia afuera.

—Ahora me toca a mí —dijo Fern—. ¡Salta!

—¡Fern tiene picazón! —canturreó Avery.

Cuando saltó, envió la soga a su hermana. Ella cerró con fuerza los ojos y se lanzó al vacío. Sintió el vértigo de la caída al precipitarse la cuerda hacia afuera. Cuando abrió los ojos contempló allá arriba el cielo azul, a punto de que la soga la trajera de nuevo hacia adentro.

Y así pasaron una hora, turnándose en el columpio.

Cuando los niños se cansaron de columpiarse, se dirigieron hacia la dehesa, recogieron frambuesas silvestres y se las comieron. Sus lenguas pasaron del morado a un rojo vivo. Fern mordió una frambuesa que tenía dentro un insecto que sabía mal y se sintió decepcionada. Avery encontró una caja vacía de dulces y metió dentro la rana. La rana parecía cansada después de haber pasado buena parte de la mañana en el columpio. Los niños subieron lentamente hacia el granero. También ellos estaban cansados y apenas les quedaban energías para caminar.

—Vamos a construir una casa en lo alto de un árbol —sugirió Avery—. Quiero vivir en un árbol con mi rana.

—Yo voy a ver a Wilbur —declaró Fern.

Saltaron la cerca para pasar al sendero y, perezosamente, se encaminaron hasta el corral. Wilbur les oyó llegar y se levantó.

Avery se fijó en la telaraña y, acercándose, vio a Carlota.

—¡Ven, mira que araña tan grande! —dijo—. Es tremenda.

—¡Déjala en paz! —le ordenó Fern—. Ya tienes una rana. ¿No te parece bastante?

—Es una magnífica araña y voy a atraparla
—replicó Avery. Levantó la tapa de la caja de dulces
y luego se apoderó de un palo—. Verás cómo consigo meter la araña en la caja.

El corazón de Wilbur casi se paró cuando se dio
cuenta de lo que iba a suceder. Este podría ser el
final de Carlota si el chico conseguía atraparla.

—¡Quieto, Avery! —gritó Fern.

Avery puso un pie sobre la cerca del corral. Estaba

a punto de alzar el palo para golpear a Carlota cuando perdió el equilibrio. Se bamboleó, dio algunos pasos y acabó por estrellarse contra el borde del comedero de Wilbur. El comedero se desniveló y Avery cayó al suelo de golpe. El huevo de la gansa estaba justamente debajo. Cuando el huevo se rompió se produjo una sorda explosión y casi inmediatamente se percibió un horrible olor.

Fern lanzó un chillido. Avery se puso en pie de

un salto. El aire se llenó de los terribles gases y olores del huevo podrido. Templeton, que se hallaba descansando en su escondrijo, escapó a toda prisa hacia el granero.

—¡Qué asco! —gritó Avery—. ¡Vámonos de aquí!

Fern lloraba. Tapándose la nariz, corrió hacia la casa. Avery iba tras ella, tapándose también la nariz. Carlota se sintió muy aliviada al verle alejarse. Había escapado de milagro.

Más tarde, aquella misma mañana, los animales regresaron: las ovejas, los corderos, el ganso, la gansa y los siete gansitos. Se multiplicaron las quejas por el terrible hedor y Wilbur hubo de contar repetidas veces la misma historia, explicarles cómo el chico de los Arable había tratado de capturar a Carlota y cómo el olor del huevo podrido le hizo huir muy oportunamente.

—Fue el huevo podrido el que salvó la vida de Carlota —afirmó Wilbur.

La gansa se sintió orgullosa de la parte que le correspondía.

—Me encanta que ese huevo haya resultado vacío —cotorreaba.

Desde luego, Templeton se sentía afligida por la pérdida de su amado huevo. Pero no pudo resistir la tentación de presumir:

—Siempre merece la pena guardar cosas —dijo

con su vocecilla agria—. Una rata nunca sabe cuándo algo le resultará útil. Y jamás tira nada.

—Bueno —declaró uno de los corderos—, este asunto ha acabado muy bien para Carlota. Pero, ¿y el resto de nosotros? El olor resulta insoportable. ¿Cómo es posible vivir en un granero perfumado por un huevo podrido?

—No te preocupes, ya te acostumbrarás —dijo Templeton. Se levantó y, tras atusarse los bigotes, fue a hacer una visita al comedero.

Cuando a la hora de comer se presentó Lurvy con el cubo del almuerzo de Wilbur, se detuvo a unos pasos del corral. Husmeó el aire e hizo una mueca.

—¿Qué diablos? —dijo. Dejó el cubo en el suelo, recogió el palo que había dejado caer Avery y enderezó el comedero.

—¡Ratas! —murmuró—. ¡Caramba! Tendría que haber sabido que una rata haría su cubil bajo el comedero. ¡Cómo odio las ratas!

Y Lurvy arrastró el comedero de Wilbur por todo el corral y echó tierra en el escondrijo de la rata, sepultando el huevo podrido y todas las demás pertenencias de Templeton. Entonces, agarró el cubo. Wilbur permanecía junto al comedero, relamiéndose del hambre que tenía. Lurvy vertió la comida. Los desperdicios descendieron viscosamente sobre los ojos y las orejas del cerdo. Wilbur resopló. Tragaba y sorbía y sorbía y tragaba, haciendo toda clase de ruidos, con el ansia de comérselo todo al mismo tiempo. Era una comida deliciosa: crema, cascarillas de trigo, restos de tortas, media rosquilla, pepitas de calabaza, dos tostadas rancias, un pedazo de dulce de jengibre, una cola de pescado, una cáscara de naranja, varios tallarines, los posos de una taza de chocolate, un trozo de gelatina, una tira de papel del forro del cubo de la basura y una cucharada de jalea de frambuesa.

Wilbur comió vorazmente. Pensó en dejar a Templeton medio tallarín y unas gotas de leche. Luego se acordó del papel que había desempeñado la rata en el incidente que salvó la vida de Carlota, y de que Carlota estaba tratando de salvar *su* vida. Así que le dejó un tallarín entero en vez de una mitad tan sólo.

Como el huevo podrido estaba enterrado, la atmósfera se despejó y el granero volvió a oler bien. Pasó la tarde y llegó la noche. Las sombras se alargaron. El aliento suave y fresco del crepúsculo penetró por puertas y ventanas. A horcajadas sobre su red, Carlota se preparó con talante taciturno a comerse un tábano mientras pensaba en el futuro. Al cabo de un rato se puso en movimiento.

Descendió hasta el centro de su telaraña y allí empezó a cortar algunos de los hilos. Trabajaba lentamente, pero sin parar, mientras que los demás animales permanecían amodorrados. Ninguno de ellos, ni siquiera la gansa, se dio cuenta de lo que hacía. Hundido en su lecho, Wilbur dormitaba. Y allá, en su rincón favorito, los gansitos silbaban una canción de cuna.

Carlota arrancó toda una parte de la red, dejando en el centro un espacio abierto. Luego empezó a tejer algo que ocuparía el lugar de los hilos que había quitado. La araña aún seguía trabajando cuando, alrededor de la medianoche, regresó Templeton del comedero.

XI. El milagro

E L DÍA siguiente amaneció brumoso.
Todo en la granja estaba empapado. La
hierba parecía una mágica alfombra. El
sembrado de espárragos se parecía a un
bosque plateado.

En las mañanas de niebla la telaraña de Carlota era
verdaderamente bella. Esta mañana cada hilo se hallaba adornado con docenas de gotitas de agua. La
telaraña resplandecía a la luz y formaba una trama
maravillosa y fantástica, como un finísimo velo. Hasta
el mismo Lurvy, que no estaba especialmente intere-
sado por la belleza, se fijó en la telaraña cuando trajo
el desayuno del cerdo. Advirtió cómo relucía y se dio
cuenta de lo grande que era y de lo bien tejida que
estaba. Y luego volvió a mirarla y vio algo que le
obligó a dejar el cubo en el suelo. Allí, en el centro,
había un mensaje tejido en letras mayúsculas. Decía:

¡VAYA CERDO!

Lurvy perdió el aplomo. No podía ser. Se pasó una mano por los ojos y continuó mirando fijamente la telaraña de Carlota.

—Estoy viendo visiones —murmuró. Se puso de rodillas y murmuró una breve oración. Luego, olvidándose del desayuno de Wilbur, volvió a la

casa y llamó al señor Zuckerman.

—Creo que será mejor que venga —le dijo.

—¿Qué es lo que pasa? —preguntó el señor Zuckerman—. ¿Le sucede algo al cerdo?

—N-no exactamente —replicó Lurvy—. Venga y véalo usted mismo.

Los dos hombres caminaron en silencio hasta el corral de Wilbur. Lurvy señaló hacia la telaraña.

—¿Ve usted lo que yo veo? —le preguntó.

Zuckerman clavó los ojos en la telaraña. Luego murmuró las palabras «Vaya cerdo». Después miró a Lurvy. A continuación, ambos empezaron a temblar. Carlota, adormilada tras sus ejercicios nocturnos, sonrió al verles. Wilbur salió y se paró debajo de la telaraña.

—¡Vaya cerdo! —murmuró Lurvy.

—¡Vaya cerdo! —susurró el señor Zuckerman.

Contemplaron durante un larguísimo rato a Wilbur. Y después clavaron los ojos en Carlota.

—¿No creerás que esa araña...? —empezó a decir el señor Zuckerman, pero luego meneó la cabeza y no acabó la frase. Se limitó a caminar pensativamente de regreso a la casa y, cuando llegó, le dijo a su mujer:

—Edith, ha sucedido algo.

Tras pronunciar débilmente estas palabras se dirigió al cuarto de estar y se sentó. La señora Zuckerman fue tras él.

—Siéntate, Edith —dijo—. Tengo que decirte algo.

La señora Zuckerman se dejó caer en una silla. Estaba pálida y parecía asustada.

—Edith —añadió, tratando de que no le temblara la voz—. Me parece mejor que te diga que tenemos un cerdo muy extraño.

En la cara de la señora Zuckerman se dibujó una expresión de absoluta sorpresa.

—Homer Zuckerman, ¿de qué me hablas?

—Es algo muy serio, Edith —replicó—. Nuestro cerdo es un animal completamente fuera de lo normal.

—¿Qué hay de anormal con el cerdo? —preguntó la señora Zuckerman, que empezaba a recobrarse del susto.

—Bueno, en realidad todavía no lo sé —dijo el señor Zuckerman—. Pero hemos recibido una señal, Edith, una misteriosa señal. En esta granja ha sucedido un milagro. Hay una gran telaraña en la entrada del primer piso del granero, justo sobre el corral. Cuando Lurvy fue esta mañana a echarle la comida al cerdo, advirtió que había niebla, y ya sabes que una telaraña tiene una apariencia distinta cuando hay niebla. Pues bien, en el centro se leía: «Vaya cerdo». Palabras entretejidas en la telaraña. Formaban realmente parte de la red, Edith, lo sé porque fui hasta allá y las vi. Dice «Vaya cerdo» de la manera más clara posible. Es inconfundible. Ha sucedido un milagro y ésta es una señal surgida en la Tierra, aquí mismo en nuestra granja. Ese no es un cerdo común y corriente.

—Bueno —dijo la señora Zuckerman— me parece que estás un poco confundido. Lo que yo pienso es que ésa no es una *araña* común y corriente.

—¡Oh, no! —repuso Zuckerman—. El extraordi-nario es el cerdo. Eso es lo que está escrito.

—Tal vez —admitió la señora Zuckerman— pero es igual. Tengo que ir a ver a esa araña.

—Es una araña gris corriente —explicó Zucker-man.

Se levantaron y juntos fueron hasta el corral de Wilbur.

—¿Ves, Edith? Se trata de una araña gris co-rriente.

A Wilbur le complacía ser objeto de tanta aten-ción. Lurvy aún seguía allí de pie y junto con el señor y la señora Zuckerman, se quedaron cerca de una hora leyendo una y otra vez las palabras de la telaraña y observando a Wilbur.

Carlota se hallaba encantada con el resultado que había logrado con su truco. Se sentó y permaneció sin mover un músculo, escuchando la conversación de las personas. Cuando una mosca pequeña chocó con la tela, justo más allá de la palabra «cerdo», Carlota descendió a toda prisa, envolvió la mosca y la retiró del lugar.

Al cabo de un rato se levantó la niebla. La telaraña se secó y las palabras no resaltaban tanto. Los Zuckerman y Lurvy regresaron a la casa. Un instante antes de abandonar el corral, el señor

Zuckerman echó una última mirada a Wilbur.

—Siempre pensé —dijo con voz solemne, que nuestro cerdo era de los mejores. Es un cerdo sólido. Un cerdo tan sólido como el que más. ¿Te has fijado, Lurvy, en lo sólido que es por las paletillas?

—Claro, naturalmente —dijo Lurvy—. Siempre admiré este cerdo. Es todo un cerdo.

—Largo y plácido —añadio Zuckerman.

—Sí —admitió Lurvy—. Tan plácido como el que más. «Vaya cerdo».

Cuando el señor Zuckerman volvió a su casa, se quitó la ropa de trabajo y se puso su mejor traje. Luego se subió al auto y se dirigió a la casa del pastor de la parroquia. Estuvo allí una hora y le explicó al clérigo que había sucedido un milagro en la granja.

—Hasta ahora —precisó Zuckerman— sólo cuatro personas en el mundo conocen este milagro: mi esposa Edith, Lurvy el jornalero, usted y yo.

—No se lo diga a nadie más —le advirtió el pastor—. Aún no sabemos lo que significa, pero si pienso en la cuestión, quizás pueda explicarla en el sermón del domingo. No hay duda de que tiene un cerdo extraordinario. Hablaré de eso en el sermón y destacaré el hecho de que en esta comunidad existe un animal maravilloso. A propósito, ¿tiene nombre ese cerdo?

—Sí, claro—respondió el señor Zuckerman—. Mi sobrinita le llama Wilbur. Es una niña un tanto extraña, llena de ideas. Crió el cerdo con biberón y yo se lo compré cuando cumplió un mes.

Estrechó la mano del pastor y se fue.

Los secretos son difíciles de guardar. Mucho antes de que llegara el domingo, la noticia se había extendido por el condado. Todo el mundo sabía que en una telaraña de la granja de los Zuckerman había aparecido una señal. Todo el mundo sabía que los Zuckerman poseían un cerdo maravilloso. Las gentes venían desde muchas millas a la redonda para ver a Wilbur y leer las palabras de la telaraña. De la noche a la mañana, el sendero de la granja de los Zuckerman estaba lleno de vehículos, autos de carretera de las marcas Ford, Chevrolet y Buick; camionetas GMC; Plymouth, Packard y De Soto de transmisión giromática y Oldsmobil de inyección; rancheras Jeep y Pontiac. La noticia del maravilloso cerdo llegó hasta las colinas, y los granjeros bajaban en carretas y carromatos chirriantes para permanecer horas y horas ante el corral de Wilbur con el propósito de admirar el maravilloso animal. Todos afirmaban que jamás habían visto en su vida un cerdo como aquél.

Cuando Fern le dijo a su madre que Avery había tratado de darle con un palo a la araña de los Zuckerman, la señora Arable se quedó tan horrorizada que castigó a Avery, enviándolo a la cama sin cenar.

En los días que siguieron, el señor Zuckerman estuvo tan ocupado recibiendo a los visitantes que descuidó el trabajo de la granja. Ahora vestía en todo momento sus mejores ropas; se las ponía en

cuanto se levantaba por la mañana. La señora Zuckerman preparaba comidas especiales para Wilbur. Lurvy se afeitó y se cortó el pelo; su principal tarea en la granja consistía ahora en alimentar al cerdo delante de los visitantes.

El señor Zuckerman le ordenó a Lurvy que aumentara la alimentación de Wilbur: cuatro en vez de tres comidas al día. Los Zuckerman estaban tan atareados con los visitantes que se olvidaron de otras labores de la granja. Las moras maduraron, y la señora Zuckerman se olvidó de ponerlas en conserva. Había que escardar el maíz, pero Lurvy no tenía tiempo.

El domingo, la iglesia se llenó. El pastor habló sobre el milagro. Afirmó que las palabras en la telaraña demostraban que los seres humanos deben siempre permanecer a la espera de milagros.

Y así, el corral de los Zuckerman se convirtió en el centro de atención. Fern se sentía feliz porque se había dado cuenta de que el truco de Carlota estaba dando resultado y que le salvaría la vida a Wilbur. Pero también descubrió que el granero ya no era un lugar tan agradable; había mucha gente. Le gustaba más cuando podía estar a solas con sus amigos, los animales.

XII. Una reunión

UNA TARDE, pocos días después de que aparecieran las palabras en la telaraña de Carlota, ésta convocó una reunión de todos los animales del primer piso del granero.

—Empezaré pasando lista, ¿Wilbur?

—¡Presente! —dijo el cerdo.

—¿Ganso?

—¡Presente, presente, presente! —replicó el ganso.

—Pareces tres gansos —murmuró Carlota—. ¿Por qué no te limitas a decir «presente» una vez? ¿Por qué tienes que repetirlo todo?

—Es mi idio-idio-idiosincrasia —respondió el ganso.

—¿Gansa? —preguntó Carlota.

—¡Presente, presente, presente! —replicó la gansa. Carlota le lanzó una mirada muy expresiva.

—¿Gansitos, del uno al siete?

—¡Bi-bi-bi!, ¡Bi-bi-bi!, ¡Bi-bi-bi!, ¡Bi-bi-bi!, ¡Bi-
bi-bi!, ¡Bi-bi-bi!, ¡Bi-bi-bi!, —respondieron los gansitos.

—Esta va a ser una verdadera reunión —comentó
Carlota—. Cualquiera pensaría que hay tres gansos,
tres gansas y veintiún gansitos. ¿Ovejas?

—¡Beeeeee! —respondieron a coro todas las
ovejas.

—¿Corderos?

—¡Beeeeee! —respondieron a coro todos los
corderos.

—¿Templeton?

No hubo respuesta.

—¿Templeton?

No hubo respuesta.

—Bien, aquí estamos todos menos la rata —dijo
Carlota—. Supongo que podemos seguir adelante
sin ella. Todos ustedes se habrán dado cuenta de lo
que ha estado sucediendo aquí en los últimos días.
Se ha recibido el mensaje que escribí en mi telaraña,
alabando a Wilbur. Los Zuckerman se lo han tra-
gado, y lo mismo les ha pasado a los demás.
Zuckerman cree que Wilbur es un cerdo extraordi-
nario y por eso no querrá matarlo y comérselo. Me
atrevo a decir que el truco funcionará y que
podremos salvar la vida de Wilbur.

—¡Hurra! —gritaron todos.

—Muchas gracias —replicó Carlota—. He convocado esta reunión para recibir sugerencias. Necesito nuevas ideas para mi tela. La gente está cansándose ya de leer las palabras «¡Vaya cerdo!». Si a alguien se le ocurre otro mensaje, me gustaría tejerlo. ¿Alguna nueva idea al respecto?

—¿Qué tal «Cerdo exquisito»? —sugirió uno de los corderos.

—De ningún modo —replicó Carlota—. Suena a nombre de plato.

—¿Y qué tal «magnífico, magnífico, magnífico»? —dijo la gansa.

—Déjalo en un sólo «magnífico» y quedará muy bien —dijo Carlota—. Me parece que «magnífico» puede impresionar a Zuckerman.

—Pero Carlota —dijo Wilbur—, yo no soy «magnífico».

—Eso no importa —replicó Carlota—. No importa en absoluto. La gente se cree todo lo que ve escrito. ¿Sabe alguno de ustedes cómo se escribe «magnífico»?

—Me parece —dijo el ganso— que es m, a, g, doble n, í acentuada, doble f, i, doble c, o.

—¿Qué clase de acróbata crees que soy? —declaró enojada Carlota—. Tendría que tener el baile de San Vito para tejer una palabra como ésa.

—Lo siento, lo siento, lo siento —respondió el ganso.

Entonces habló la oveja mayor.

—Estoy de acuerdo en que para salvar la vida dc

Wilbur tiene que haber algo nuevo escrito en la telaraña. Y si Carlota necesita ayuda para encontrar las palabras, me parece que podrá obtenerla de nuestra amiga Templeton. La rata visita de modo regular el vertedero y tiene acceso a periódicos viejos. Puede arrancar pedazos de anuncios y traerlos al granero para que Carlota disponga de algo que copiar.

—Buena idea —dijo Carlota—. Pero no estoy segura de que Templeton se muestre dispuesta a ayudar. Ya saben cómo es, siempre pensando en sí misma y nunca en los demás.

—Apuesto a que puedo lograr que nos ayude —afirmó la oveja mayor—. Recurriré a sus más bajos instintos, que no le faltan precisamente. Aquí viene. Que se calle todo el mundo mientras le planteo la cuestión.

La rata entró en el granero del modo en que siempre lo hacía, deslizándose pegada al muro.

—¿Qué pasa? —preguntó al ver reunidos a todos los animales.

—Estamos celebrando una reunión —respondió la oveja mayor.

—¡Pues acaben! Me aburren las reuniones —declaró Templeton. Y la rata empezó a trepar por una cuerda que colgaba contra la pared.

—Oye, Templeton —dijo la oveja mayor—, la próxima vez que vayas al vertedero, trae un recorte de periódico. Carlota necesita nuevas ideas para escribir mensajes en la telaraña y salvar la vida de Wilbur.

—¡Qué se muera! —dijo la rata—. No me preocupa.

—Ya te preocuparás cuando llegue el invierno —declaró la oveja—. Ya te preocuparás, una helada mañana de enero, cuando Wilbur esté muerto y nadie venga a echar en el comedero un espléndido cubo de desperdicios calientes. Lo que le sobra a Wilbur es tu fuente principal de alimentación, Templeton. Y *tú* lo sabes. La comida de Wilbur es *tu* comida; por eso el destino de Wilbur y tu destino se hallan estrechamente ligados. Si matan a Wilbur y su comedero permanece vacío día tras día, adelgazarás tanto que podremos mirar a través de tu estómago y ver los objetos que tienes dentro.

Los bigotes de Templeton temblaron.

—Tal vez tengas razón —dijo frunciendo el ceño—. Mañana por la tarde iré al vertedero. Traeré algún recorte de periódico si lo encuentro.

—Gracias —dijo Carlota—. Se suspende la sesión. Me aguarda una tarde de mucho trabajo. Tengo que romper mi tela y escribir «Magnífico».

Wilbur enrojeció.

—Pero yo no soy magnífico, Carlota. Soy solamente un cerdo normal.

—Por lo que a mí se refiere, tú eres magnífico —respondió cariñosamente Carlota—, y eso es lo que cuenta. Eres mi mejor amigo y me pareces sensacional. Ahora deja de discutir y vete a dormir un poco.

XIII. Un gran progreso

MUY AVANZADA la noche, mientras dormían los demás animales, Carlota trabajó en su tela. Arrancó primero algunos de los hilos circulares cerca del centro. Dejó sólo los radiales que soportaban la estructura de la red. Sus ocho patas le eran de gran ayuda en la tarea. Lo mismo sucedía con sus dientes. Le encantaba tejer y era una experta en esa labor. Cuando acabó de arrancar hilos, la telaraña quedó convertida en algo como esto:

Una araña es capaz de fabricar diversas clases de hilos. Utiliza un hilo seco y fuerte para montar la estructura, y un hilo pegajoso para la trampa; éste es el tipo de hilo que sirve para capturar y sujetar insectos. Carlota decidió emplear el hilo seco para escribir el nuevo mensaje.

—Si escribo «Magnífico» con hilo pegajoso —pensó— todos los insectos que lleguen se quedarán pegados y se estropeará el efecto.

—Veamos, la primera letra es una M.

Carlota trepó a lo alto del lado izquierdo de su tela. Dispuso en posición las hileras, sujetó el hilo y se dejó caer. A medida que descendía, entraron en acción sus glándulas y fue produciendo hilo que sujetó abajo. Así consiguió formar el primer trazo de la letra M. Pero Carlota no se sintió satisfecha. Subió, hizo otra unión junto a la primera. Luego descendió con el hilo hasta tener dos juntos en vez de uno sólo. «Resultará mejor si hago toda la palabra con hilo doble».

Volvió a subir, se desplazó un tanto abajo y a la derecha, volvió a trazar otra línea hacia arriba y luego una más hacia abajo. Repitió la operación, haciendo doble el hilo. Sus ocho patas se afanaban en la tarea.

—¡Vamos ahora con la A!

Carlota se absorbió en el trabajo. Empezó a

hablar sola, como si quisiera animarse. Si hubieras estado aquella noche en el primer piso del granero, habrías oído cosas como éstas:

—¡Vamos con la primera M! ¡Arriba! ¡Sujeta! ¡Baja! ¡Suelta hilo! ¡Ya! ¡Sujeta! ¡Bien! ¡Arriba! ¡Repite! ¡Sujeta! ¡Baja! ¡Suelta hilo! ¡Vamos, chica! ¡Tensa ahora! ¡Sujeta! ¡Sube! ¡Sujeta! ¡A la derecha! ¡Suelta hilo! ¡Sujeta! ¡A la derecha y abajo, una vuelta y otra y otra! ¡Ahora a la izquierda! ¡Sujeta! ¡Sube! ¡Repite! ¡Bien! ¡Calma, une esos hilos! ¡Ahora afuera y abajo para hacer la pata de la M! ¡Suelta hilo! ¡Ya! ¡Sujeta! ¡Arriba! ¡Repite! ¡Buena chica!

Y así, hablando sola, la araña llevó a cabo su difícil tarea. Cuando terminó, sintió hambre. Se comió un pequeño insecto que había guardado para la ocasión. Luego se acostó a dormir.

A la mañana siguiente Wilbur se levantó y fue a colocarse bajo la telaraña. Llenó sus pulmones con el aire de la mañana. Gotitas de rocío que brillaban al sol hacían más visible la obra de Carlota. Cuando llegó Lurvy con el desayuno, allí estaba el guapo cerdo y, sobre él, las letras claramente tejidas formaban la palabra MAGNÍFICO.

Otro milagro.

Lurvy echó a correr y llamó al señor Zuckerman. El señor Zuckerman echó a correr y llamó a la

señora Zuckerman. La señora Zuckerman corrió al teléfono y llamó a los Arable. Los Arable se subieron a su camión y se presentaron de repente. Todos se congregaron ante el corral, contemplaron la telaraña y leyeron una y otra vez la palabra. Mientras tanto Wilbur, que en realidad se *sentía* magnífico, hinchaba el pecho y movía el hocico de uno a otro lado.

—¡Magnífico! —dijo jadeante Zuckerman, rebosante de admiración—. Edith, será mejor que llames por teléfono al reportero de *El Heraldo Semanal* y le digas lo que ha pasado. Querrá saberlo. Quizás traiga a un fotógrafo. En todo el estado no hay un cerdo tan magnífico como el nuestro.

La noticia se extendió por todas partes. Las personas que habían venido a ver a Wilbur cuando lo de «¡Vaya cerdo!», regresaron para contemplarlo ahora que era un cerdo «Magnífico».

Aquella tarde, cuando el señor Zuckerman acudió a ordeñar las vacas y limpiar el establo, aún seguía pensando en el maravilloso cerdo que tenía.

—¡Lurvy! —gritó—. No vuelvas a arrojar estiércol de vaca en el corral. Tengo un cerdo magnífico, quiero que pueda echarse en paja limpia y fresca que cambiarás todos los días. ¿Entendido?

—Sí, señor —replicó Lurvy.

—Además —añadió el señor Zuckerman—, quiero

que empieces a construir una jaula para Wilbur. He decidido llevar a Wilbur el seis de septiembre a la feria del condado. Que la jaula sea grande y pintada de verde con letras doradas.

—¿Qué dirán las letras? —preguntó Lurvy.

—Que digan *El famoso cerdo de Zuckerman*.

Lurvy recogió una horca y se alejó en busca de paja fresca. Comenzaba a darse cuenta de que tener un cerdo importante iba a significar mucho más trabajo que de costumbre.

Más allá del huerto de manzanos, al final del sendero, estaba el vertedero donde el señor Zuckerman arrojaba basura y toda clase de cosas que ya nadie quería. Allí, en un pequeño claro oculto por chopos jóvenes y matorrales de frambuesa silvestre, había un montón de botellas vacías, latas, trapos sucios, pedazos de metal y de vidrio, bisagras rotas, muelles rotos, baterías gastadas, periódicos del mes anterior, jirones de trapos de fregar, trajes de mecánico convertidos en harapos, clavos mohosos, cubos desfondados, tapones desechados y toda clase de cachivaches inútiles, incluyendo un manubrio, inservible por su tamaño, que había pertenecido a una heladera ya rota.

Templeton conocía el vertedero y le gustaba. Allí había magníficos escondrijos, ideales para una rata.

Y, por lo general, siempre encontraba una lata con un poco de comida pegada al fondo.

Templeton registró a conciencia el vertedero. Cuando regresó al granero llevaba en la boca un anuncio que había arrancado de una revista.

—¿Qué te parece esto? —preguntó, mostrando a Carlota el anuncio—. Dice «Crujiente». «Crujiente» sería una buena palabra para escribir en tu telaraña.

—Ni hablar —respondió Carlota—. Nada podría

ser peor. No quiero que Zuckerman piense que Wilbur es crujiente. Puede empezar a pensar en tocino crujiente y en sabrosos jamones. Eso sería meterle ideas en la cabeza. Tenemos que anunciar las cualidades de Wilbur, no su sabor. ¡Por favor,

Templeton, tráeme otra palabra!

La rata parecía molesta. Pero se deslizó hacia afuera, camino del vertedero y volvió al cabo de un rato con una tira de tejido de algodón.

—¿Qué te parece esto? —preguntó—. Es la etiqueta de una camisa vieja.

Carlota examinó la etiqueta. Decía: PRE-ENCOGIDO.

—Lo siento, Templeton —dijo—, pero «pre-encogido» no sirve. Queremos que Zuckerman piense que Wilbur está bien rellenito, no encogido. Tengo que pedirte que lo intentes de nuevo.

—¿Qué crees que soy? ¿Un recadero? —gruñó la rata—. No pienso pasarme la vida buscando material publicitario en el vertedero.

—¡Sólo una vez más, por favor! —le rogó Carlota.

—Haré lo que quieres —dijo Templeton—. Sé en donde hay un envoltorio de detergente en el cobertizo. Tiene palabras escritas. Te traeré un pedazo del paquete.

Trepó por la cuerda que colgaba junto al muro y desapareció por un agujero del techo. Cuando regresó llevaba en los dientes una tira azul y blanca de cartón.

—¡Mira! ¿Qué te parece esto?

Carlota leyó las palabras: «Con nueva acción radiante».

—¿Qué significa eso? —preguntó Carlota, que jamás había usado detergentes.

—¿Cómo voy a saberlo? —dijo Templeton—. Pediste palabras y yo te las traje. Supongo que lo próximo que me pedirás será un diccionario.

Estudiaron juntos el anuncio del detergente.

—Con nueva acción radiante —repitió Carlota lentamente—. ¡Wilbur! —gritó.

Wilbur, que estaba dormido en la paja, se puso en pie de un salto.

—¡Corre por ahí! —le ordenó Carlota—. Quiero verte en acción para ver si eres radiante.

Wilbur corrió hasta el final del corral.

—¡Ahora vuelve, más deprisa!

Wilbur regresó al galope. Su piel brillaba. Su rabo formaba un rizo fino y apretado.

—¡Salta en el aire! —gritó Carlota.

Wilbur saltó tan alto como pudo.

—¡Endereza las patas y toca el suelo con las orejas! —le dijo Carlota.

Wilbur obedeció.

—¡Un salto hacia atrás, girando en el aire! —gritó Carlota. Wilbur se echó hacia atrás, retorciéndose y girando al tiempo que saltaba.

—Muy bien, Wilbur —declaró Carlota—. Puedes volver a dormirte. De acuerdo, Templeton, supongo que servirá el anuncio del detergente. No estoy segura de que la acción de Wilbur sea exactamente radiante, pero es interesante.

—En realidad —observó Wilbur—, me *siento* radiante.

—¿De verdad? —preguntó Carlota, mirándole con cariño—. De acuerdo, eres un cerdito bueno y estarás radiante. Ya que estoy metida a fondo en esto, llegaré hasta el final.

Cansado de tanto ejercicio, Wilbur se tendió en la fresca paja. Cerró los ojos. La paja le picaba; no era tan cómoda como el estiércol en donde siempre resultaba delicioso tenderse. Así que echó a un lado la paja y se tumbó sobre el estiércol. Wilbur suspiró. Había sido un día ajetreado. Su primer día de cerdo magnífico. Docenas de personas habían visitado el corral por la tarde y él había tenido que permanecer en pie y posar, con un aire tan magnífico como le fue posible. Ahora se sentía cansado. Llegó Fern y se sentó en la banqueta, en un rincón.

—¡Cuéntame un cuento, Carlota! —dijo Wilbur, mientras aguardaba tendido a que le llegara el sueño—. ¡Cuéntame un cuento!

Así que, Carlota, aunque también estaba cansada, hizo lo que Wilbur deseaba.

—Una vez una bella prima mía —empezó a decir— construyó una tela de araña sobre un riachuelo. Un día, un pececito saltó por el aire y se quedó atrapado en la telaraña. Mi prima, naturalmente, se sorprendió. El pez se agitaba de una manera salvaje. Mi prima apenas se atrevía a agarrarlo. Pero lo hizo. Descendió y lanzó grandes cantidades de hilo para envolverlo y peleó valientemente para apoderarse de él.

—¿Y lo logró?

—Fue una pelea inolvidable —declaró Carlota—. Allí estaba el pez atrapado sólo por una aleta mientras su cola se agitaba con fuerza, brillando al sol.

Allí estaba la telaraña, a punto de romperse bajo el peso del pez.

—¿Cuánto pesaba el pez? —preguntó ansiosamente Wilbur.

—No lo sé —dijo Carlota—. Y allí estaba mi prima, escurriéndose, esquivándolo, implacablemente golpeada en la cabeza por aquel pez que luchaba sin descanso. Rehuía sus ataques, lanzaba los hilos y peleaba con ahínco. Primero lanzó uno por la izquierda en torno de la cola. El pez devolvió el golpe. Luego lanzó uno por la izquierda a la cola y otro por la derecha hacia el centro del cuerpo. El pez contraatacó. Entonces ella se echó a un lado y lanzó un hilo por la derecha, y luego otro por el mismo lado a la aleta. Después otro por la izquierda, a la cabeza, mientras la telaraña se balanceaba y se estiraba.

—¿Y qué sucedió después? —preguntó Wilbur.

—Nada —repuso Carlota—. El pez perdió la pelea. Mi prima lo ató con tanta fuerza que no pudo moverse.

—¿Y qué sucedió después? —preguntó Wilbur.

—Nada —repuso Carlota—. Mi prima guardó el pez un rato y luego cuando estuvo lista y le pareció bien, se lo comió.

—¡Cuéntame otro cuento! —suplicó Wilbur.

Carlota le habló entonces de una prima suya que era aeronauta.

—¿Qué es un aeronauta? —preguntó Wilbur.

—Alguien que vuela en globo —dijo Carlota—. Mi prima solía ponerse cabeza abajo y soltaba bastante hilo para formar un globo. Entonces se dejaba llevar y se alzaba en la atmósfera, impulsada hacia arriba por el aire caliente.

—¿Es eso cierto? —preguntó Wilbur—. ¿O te lo estás inventando?

—Es cierto —replicó Carlota—. Tengo algunas primas muy notables. Y ahora, Wilbur, ya es hora de que te vayas a dormir. Es muy tarde.

—Cántame algo —le rogó Wilbur, cerrando los ojos.

Y Carlota cantó una canción de cuna mientras

los grillos chirriaban en el campo, y se oscurecía el granero. Esta fue la canción que cantó:

Duerme, mi amor, cariño mío
todo cubierto de estiércol oscuro.
¡No temas nada! Estoy contigo.
Es ya la hora en que tordos y ranas
cantan al mundo en bosques y charcas.

Duerme, tranquilo, cariño mío.
¡No temas nada! Estoy contigo.

Pero Wilbur ya estaba dormido. Cuando terminó la canción, Fern se levantó y se fue a su casa.

XIV. El doctor Dorian

EL DÍA siguiente era sábado. Fern se hallaba junto al fregadero de la cocina, secando los platos del desayuno que lavaba su madre. La señora Arable trabajaba en silencio. Esperaba que Fern saliera a jugar con otros niños en vez de encaminarse a la granja de los Zuckerman para sentarse a observar los animales.

—Carlota cuenta cuentos mejor que nadie en este mundo —dijo Fern mientras secaba con el paño un cuenco.

—Fern —manifestó su madre severamente—, no debes inventar cosas. Sabes que las arañas no cuentan cuentos. Las arañas no pueden hablar.

—Carlota puede —replicó Fern—. No muy alto, pero habla.

—¿Qué clase de cuento contó? —preguntó la señora Arable.

—Bueno —empezó a decir Fern—, nos habló de

una prima suya que atrapó un pez en su telaraña. ¿No te parece fascinante?

—Fern, querida, ¿cómo puede caer un pez en una telaraña? —dijo la señora Arable—. Tú sabes que eso no puede suceder. Lo estás inventando.

—Pues sucedió así —contestó Fern—. Carlota jamás miente. Esa prima suya tejió una telaraña sobre un riachuelo. Un día que colgaba de su red, un pececito saltó en el aire y quedó atrapado en la tela. El pez quedó sujeto por una aleta, mamá; su cola, que brillaba al sol, se agitaba furiosamente. ¿No eres capaz de imaginarte la telaraña, peligrosamente combada bajo el peso del pez? La prima de Carlota resbalaba, se zafaba y un pez enfurecido la golpeaba implacablemente en la cabeza, agitándose por aquí y por allá. Lanzando…

—¡Fern! —le gritó su madre—. ¡Calla! ¡Deja de inventar esas cosas tan absurdas!

—No estoy inventando nada —dijo Fern—. Me limito a narrarte los hechos.

—¿Y qué sucedió al final? —preguntó su madre, a quien le picó la curiosidad.

—Ganó la prima de Carlota. Ató el pez y se lo comió cuando le pareció oportuno. Las arañas también tienen que comer igual que todos nosotros.

—Sí, supongo que sí —respondió vagamente la señora Arable.

—Carlota tiene otra prima que es piloto de globos. Se pone cabeza abajo, suelta bastante hilo y el aire la arrastra hacia arriba. ¿Es que no te gusta esto?

—Sí, claro, cuando se piensa en ello —repuso la señora Arable—. Pero Fern, querida, me gustaría que hoy fueses a jugar al aire libre en vez de dirigirte al granero del tío Homer. Busca a algunos chicos y vete a jugar con ellos al campo. Te pasas la vida en ese granero, no es bueno estar sola tanto tiempo.

—¿Sola? —dijo Fern—. Mis mejores amigos están en el granero. Es un lugar muy sociable. No estoy de ningún modo sola.

Fern desapareció al cabo de un rato y se fue camino abajo hacia la granja de los Zuckerman. Su madre limpiaba el polvo de la sala, y no dejaba de pensar en Fern mientras trabajaba. Por fin la señora Arable tomó una decisión: iría a ver al doctor Dorian y le pediría consejo. Subió al auto y se dirigió a la consulta del médico, en el pueblo.

El doctor Dorian lucía una espesa barba. Le alegró ver a la señora Arable y le ofreció una cómoda butaca.

—Se trata de Fern —le explicó—. Fern pasa muchísimo tiempo en la granja de los Zuckerman. Se sienta en una banqueta de ordeñar en el primer piso del granero, cerca del corral, y observa a los animales hora tras hora. Se limita a permanecer sentada y a escuchar.

El doctor Dorian se echó hacia atrás y cerró los ojos.

—¡Qué encantador! —dijo—. Debe ser agradable y tranquilo ese lugar. Homer tiene algunas ovejas. ¿No es cierto?

—Sí —replicó la señora Arable—. Pero verá, todo empezó con el cerdo al que permitimos que Fern criara con biberón. Lo llama Wilbur. Homer compró el cerdo, y desde que se marchó de nuestra casa, Fern se acostumbró a ir a casa de su tío para estar cerca de él.

—He estado oyendo cosas acerca de ese cerdo —dijo el doctor Dorian, abriendo los ojos—. Dicen que es todo un cerdo.

—¿Ha oído hablar de las palabras que aparecieron en la telaraña? —preguntó de una manera nerviosa

la señora Arable.

—Sí —contestó el médico.

—Bien. ¿Usted lo entiende?

—¿Entender qué?

—Entender cómo pueden aparecer esas palabras en una telaraña.

—Oh, no, no lo entiendo —dijo el doctor Dorian—. Pero tampoco he entendido nunca cómo las arañas saben tejer redes. Cuando aparecieron las palabras, todo el mundo dijo que era un milagro. Pero nadie señaló que la propia telaraña en sí constituye un milagro.

—¿Qué hay de milagroso en una telaraña? —dijo la señora Arable—. No veo por qué dice usted que es un milagro; es simplemente una telaraña.

—¿Ha intentado alguna vez tejer una? —preguntó el doctor Dorian.

La señora Arable se agitó nerviosa en la butaca.

—No, pero puedo hacer una servilleta de ganchillo para la mesa y soy capaz de hacer un calcetín de punto.

—Claro —respondió el médico—. Pero alguien le enseñó. ¿No?

—Mi madre me enseñó.

—Bien. ¿Y quién enseñó a la araña? Una araña joven sabe cómo tejer una red sin recibir instrucciones de nadie. ¿No considera usted eso un milagro?

—Supongo que sí —dijo la señora Arable—. En realidad, nunca me había puesto a pensar en ello. Pero aun así, no comprendo cómo esas palabras aparecieron en la telaraña. No lo entiendo y no me gusta lo que no entiendo.

—A todos nos pasa lo mismo —observó el doctor Dorian suspirando—. Yo soy un médico. Se supone que los médicos lo entienden todo. Pero yo no

comprendo todo y no pienso dejar que eso me preocupe.

La señora Arable volvió a agitarse.

—Fern dice que los animales hablan unos con
otros. ¿Cree usted, doctor Dorian, que los animales
hablan?

—Jamás oí a ninguno decir algo —replicó—.
Pero eso no demuestra nada. Es muy posible que
un animal me hable muy educadamente y que yo no
capte la observación por no estar prestando atención. Los niños prestan más atención que los mayores. Si Fern dice que los animales del granero de
Zuckerman hablan, me inclino a creerle. Tal vez los
animales hablarían más si las personas hablasen
menos. La gente habla incesantemente, puedo
darle mi palabra de que así es.

—Bueno, me siento mejor acerca de Fern —dijo
la señora Arable—. ¿Cree usted que necesito pre-
ocuparme por ella?

—¿Tiene buen aspecto? —preguntó el médico.

—Oh, sí.

—¿Buen apetito?

—Oh, siempre tiene hambre.

—¿Duerme bien por la noche?

—Muy tranquila y de un tirón.

—Entonces no se preocupe —señaló el médico.

—¿Cree usted que llegará algún día a pensar en

algo que no sea en cerdos, ovejas, gansos y arañas?

—¿Qué edad tiene Fern?

—Ha cumplido ocho años.

—Bueno —dijo el doctor Dorian—. Creo que siempre le gustarán los animales. Pero dudo que pase toda su vida en el primer piso del granero de Homer Zuckerman. ¿Qué tal se lleva con los chicos? ¿Tiene amigos?

—Conoce a Henry Fussy* —replicó con viveza la señora Arable.

El doctor Dorian cerró de nuevo los ojos y se sumió en profundos pensamientos.

—Henry Fussy —murmuró—. Hum. Notable. Bueno, no creo que tenga usted nada de qué preocuparse. Que Fern se relacione con sus amigos del granero, si es eso lo que desea. Yo añadiría que arañas y cerdos resultan tan interesantes como Henry Fussy. Sin embargo, sé que llegará el día en que, de modo accidental, Henry formulará alguna observación que llamará la atención de Fern. Es sorprendente el modo en que los chicos cambian de un año para otro. ¿Qué tal está Avery? —preguntó abriendo por completo los ojos.

—Oh, Avery —dijo sonriente la señora Arable—.

---

* «Fussy», evidentemente aquí un apellido, significa también en inglés «inquieto» (*N. del T.*).

Avery siempre está bien. A veces se intoxica con jugo de zumaque, y sufre picaduras de avispas y abejas, y trae a casa ranas y culebras, y rompe todo lo que cae en sus manos. Pero está bien.

—¡Magnífico! —añadió el médico.

La señora Arable se despidió de él y le agradeció mucho sus consejos. Se sentía más tranquila.

XV. Los grillos

LOS GRILLOS chirriaban en el campo. Entonaban la canción del final del verano, una canción triste y monótona. «El verano ha concluido y se va, —decían—, termina y se va, termina y se va. El verano muere, y se va».

Los grillos consideraban que era su deber advertir a todo el mundo que el tiempo estival no dura para siempre. Incluso en los días más bellos de todo el año, los días en que el verano se convierte en otoño, los grillos difundían el rumor de la tristeza y del cambio.

Todo el mundo oía la canción de los grillos. Avery y Fern Arable la oyeron cuando caminaban por la polvorienta carretera. Sabían que pronto comenzaría de nuevo la escuela. La oyeron los gansos jóvenes y supieron que nunca volverían a ser gansitos pequeños. La oyó Carlota y supo que no le quedaba mucho tiempo. Trabajando en la cocina, la señora Zuckerman oyó los grillos y también se apoderó de ella la tristeza. «Otro verano que se va», suspiró al pensarlo. Lurvy, que se dedicaba a la tarea de hacer la jaula para Wilbur, oyó la canción y supo que había llegado el momento de cavar para sacar las papas.

—El verano termina y se va —repetían los grillos—. ¿Cuántas noches quedan hasta que hiele? —cantaban los grillos—. ¡Adiós, verano, adiós, adiós!

Las ovejas oyeron a los grillos y se sintieron tan inquietas que abrieron una brecha en la cerca de la dehesa y se metieron en el campo que se extendía al otro lado de la carretera. El ganso descubrió el agujero y pasó por allí a toda su familia y se dirigieron al huerto para comerse las manzanas que habían caído al suelo. Un pequeño arce que crecía junto a la ciénaga oyó la canción de los grillos y se puso rojo de ansiedad.

Wilbur era ahora el centro de atracción en la granja. La buena alimentación y una regularidad en los horarios mostraban los resultados: Wilbur era un cerdo del que se enorgullecía cualquier hombre. Un día acudieron más de cien personas ante el corral para admirarlo. Carlota había escrito la palabra RADIANTE y Wilbur parecía en realidad radiante, erguido bajo la dorada luz del sol. Desde que la araña comenzó a protegerlo él había hecho cuanto pudo para justificar su reputación. Cuando la telaraña de Carlota dijo VAYA CERDO, Wilbur se esforzó por parecer un espléndido cerdo. Cuando la telaraña de Carlota dijo MAGNÍFICO, Wilbur intentó parecer maravilloso. Y ahora que la telaraña decía RADIANTE, hizo cuanto le fue posible para resultar brillante.

No es fácil parecer radiante, pero Wilbur puso toda su voluntad en el empeño. Volvía un tanto la cabeza y agitaba sus largas pestañas. Luego respiraba hondamente. Y cuando el público empezaba a aburrirse, saltaba en el aire, dando de espaldas una voltereta al tiempo que con su cuerpo describía un medio giro. Al ver aquello, la multitud gritaba y aplaudía.

—¿Qué tal para un cerdo? —preguntaba el señor Zuckerman, muy satisfecho de sí mismo—. Este cerdo es verdaderamente radiante.

A algunos de los amigos de Wilbur del granero les preocupaba la posibilidad de que tanta atención acabara por subírsele a la cabeza y volverlo engreído. Pero eso jamás sucedió. Wilbur era modesto; la fama no lo echó a perder. Aún se preocupaba algo por el futuro, ya que apenas podía creer que una simple araña fuese capaz de salvar su vida. Por las noches, a veces, tenía un mal sueño. Soñaba que venían a buscarlo unos hombres arma-

dos con cuchillos y escopetas. Pero esto era solamente un sueño. De día, Wilbur se sentía por lo
general feliz y seguro. Jamás ningún cerdo tuvo
amigos más sinceros, y comprendió que la amistad
es una de las cosas más importantes de este mundo.
Ni siquiera la canción de los grillos puso a Wilbur
demasiado triste. Sabía que estaba ya muy próxima
la celebración de la feria del condado y ansiaba que
llegara el momento del viaje. Si era capaz de
destacarse en la feria y conseguir tal vez algún
premio en metálico, estaba seguro de que Zuckerman
lo dejaría vivir.

Carlota tenía sus propias preocupaciones, pero se
las guardaba para sí. Una mañana, Wilbur le preguntó acerca de la feria.

—¿Vas a ir *conmigo*, verdad, Carlota?

—Pues no lo sé —replicó Carlota—. La feria cae
en mala época para mí. Me resultará difícil dejar mi
casa, incluso por unos pocos días.

—¿Por qué? —quiso saber Wilbur.

—Oh, no creo que deba abandonar mi tela. Son
muchas las cosas que suceden aquí.

—¡*Por favor*, ven conmigo! —le suplicó Wilbur—.
Yo te necesito, Carlota. No podré soportar ir a la
feria sin ti. *Tienes* que venir.

—No —dijo Carlota—. Creo que será mejor
quedarme en casa y ver si puedo hacer un trabajo.

—¿Qué clase de trabajo? —preguntó Wilbur.

—Poner huevos. Es la época de que construya un saco y lo llene de huevos.

—No sabía que tú podías poner huevos —dijo Wilbur sorprendido.

—Oh, pues claro —replicó la araña—. Yo soy versátil.

—¿Qué significa «versátil»? ¿Llena de huevos? —preguntó Wilbur.

—Desde luego que no —repuso Carlota—. «Versátil» significa que puedo pasar con facilidad de una cosa a otra. Significa que no tengo por qué limitar mis actividades a tejer, a atrapar y a destrezas de ese tipo.

—¿Por qué no vienes conmigo a la feria y pones los huevos allí? —le suplicó Wilbur—. Resultaría muy divertido.

Carlota dio un tirón a su tela de araña y observó, abstraída, cómo vibraba.

—Me temo que no —dijo—. Wilbur, tú no tienes la menor idea de lo que es poner huevos. Yo no puedo acomodar mis obligaciones familiares al calendario de la feria del condado. Cuando esté lista para poner huevos, tengo que poner huevos, haya feria o no. Pero no quiero que te preocupes por eso, podrías perder peso. Lo dejaremos así: si puedo, iré a la feria.

—¡Oh, magnífico! —dijo—. Sabía que no me abandonarías cuando más te necesito.

Wilbur pasó todo el día adentro, disfrutando del descanso en la paja. Carlota también descansó y se comió un saltamontes. Sabía que no podría ayudar a Wilbur mucho más tiempo. En el plazo de unos pocos días tendría que abandonarlo todo y construir el bellísimo saquito que contendría los huevos.

XVI. A la feria

L A NOCHE antes de que se inaugurase la feria del condado todo el mundo se fue a la cama temprano. Fern y Avery se acostaron a las ocho. Avery empezó a soñar que la rueda giratoria se detenía y que él estaba en la cabina más alta. Fern empezó a soñar que se mareaba en los columpios.

Lurvy estaba en la cama a las ocho y media. Soñaba que lanzaba pelotas de béisbol a un gato de trapo y que ganaba una auténtica manta de los indios navajos. El señor y la señora Zuckerman estaban en la cama a las nueve. La señora Zuckerman soñaba con un congelador. El señor Zuckerman soñaba con Wilbur. Soñó que Wilbur había crecido hasta tener ciento dieciséis pies de largo por noventa y dos de alto, que ganaba todos los premios de la feria, que estaba cubierto de cintas azules y que incluso le colgaba una cinta azul del rabo.

Abajo, en el primer piso del granero, todos los animales se fueron a dormir temprano, todos menos Carlota. Mañana sería el día de la feria. Todos los animales pensaban levantarse temprano para ver a Wilbur partir hacia su gran aventura.

Cuando llegó la mañana, todo el mundo se levantó al rayar el día. La jornada se anunciaba calurosa. Camino arriba, en casa de los Arable, Fern llevó a su habitación un cubo de agua caliente y se lavó con una esponja. Después se puso el vestido más bonito porque sabía que vería a chicos en la feria. La señora Arable le restregó el cuello a Avery, le mojó el cabello, le hizo una raya y le pasó con fuerza un cepillo hasta que el cabello se le quedó pegado al cráneo, menos seis pelos que se empeñaron en quedar tiesos. Avery se puso ropa interior limpia, unos vaqueros limpios y una camisa limpia. El señor Arable se vistió, desayunó y luego salió para sacarle brillo al camión. Se había ofrecido a llevar a la feria a todo el mundo, Wilbur incluido.

Muy temprano, un flamante Lurvy puso paja limpia en la jaula de Wilbur y la trasladó hasta el corral. La jaula era de color verde. Un cartel en letras doradas decía:

EL FAMOSO CERDO DE ZUCKERMAN

Carlota había dispuesto con cuidado su tela para la ocasión. Wilbur tomó despacio su desayuno. Trató de parecer radiante sin que le entrara comida en las orejas.

En la cocina la señora Zuckerman anunció de repente:

—Homer —dijo a su marido—. Voy a dar a ese cerdo un baño de leche cortada.

—¿Qué? —dijo el señor Zuckerman.

—Un baño de leche cortada. Mi abuela solía bañar a su cerdo con leche cortada cuando se ensuciaba. Acabo de recordarlo.

—Wilbur no está sucio —declaró con orgullo el señor Zuckerman.

—Está sucio detrás de las orejas —afirmó la señora Zuckerman—. Cada vez que Lurvy lo alimenta, la comida le escurre alrededor de las orejas. Luego se seca y forma una costra. Además tiene una mancha de churre en un costado, por el lado sobre el que se tiende en el estiércol.

—Se tiende en paja limpia —le corrigió el señor
Zuckerman.

—Bueno, pues está sucio y voy a lavarlo.

El señor Zuckerman se resignó, se sentó y se
comió una rosquilla. Su esposa se dirigió al cobertizo. Cuando regresó, calzaba botas de goma y un
viejo impermeable y traía un cubo de leche cortada
y una pequeña paleta de madera.

—Estás loca, Edith —masculló Zuckerman.

Pero ella no le prestó atención. Juntos se dirigieron
al corral. La señora Zuckerman no perdió tiempo. Se
metió allí con Wilbur y empezó a trabajar.
Introduciendo la paleta en la leche cortada, la frotó

después por todo el cuerpo. Las gansas acudieron a contemplar el espectáculo, y otro tanto sucedió con las ovejas y con los corderos. Incluso Templeton asomó cautelosamente la cabeza para ver cómo lavaban a Wilbur con leche. Carlota se interesó tanto por el asunto que descendió en un hilo para poder ver mejor. Wilbur se quedó quieto y cerró los ojos. Podía sentir cómo la leche se deslizaba por sus costados. Abrió la boca y le entró algo dentro. Era delicioso. Se sintió radiante y feliz. Cuando la señora Zuckerman terminó de lavarlo y de frotarlo era el cerdo más limpio y más guapo del mundo. Era completamente blanco, rosado en torno de las orejas y tan terso como si su piel fuera de seda.

Los Zuckerman subieron a ponerse las mejores ropas. Lurvy fue a afeitarse y a ponerse la camisa de cuadros y la corbata roja. Los animales se quedaron solos en el granero.

Los siete gansitos daban vueltas y más vueltas en torno de su madre.

—¡Por favor, por favor, por favor, llévanos a la feria! —suplicó un gansito. Y luego comenzaron a importunar los siete a coro.

—Por favor, por favor, por favor, por favor, por favor, por favor… —era un verdadero escándalo.

—¡Niños! —les gritó la gansa—. Nos quedaremos tranquilamente-lamente-lamente en casa. A la feria sólo va Wilbur-ilbur-ilbur.

Justo entonces la interrumpió Carlota.

—Yo también iré —dijo quedamente—. He decidido ir con Wilbur. Quizás me necesite. Quién sabe qué pueda suceder en los terrenos de la feria. Tiene que venir alguien que sepa escribir. Y pienso que será mejor que venga también Templeton; puede que necesite a alguien para hacer recados y para trabajos en general.

—Yo me quedo aquí —gruñó la rata—. No tengo el más mínimo interés en ir a ninguna feria.

—Eso es porque nunca has estado en una —observó la oveja mayor—. Una feria es el paraíso de una rata. Todo el mundo derrama comida en una feria. Una rata puede salir deslizándose por la noche y darse un festín. En las cuadras encontrarás avena vertida por los caballos de tiro y de silla. Entre la hierba pisoteada de los campos de los alrededores hallarás paquetes de comida sobrante que contienen los malolientes restos de bocadillos de mantequilla de cacahuete, huevos duros, migas de galletas, pedazos de rosquillas y partículas de queso. En el propio recinto de la feria, después de que se hayan apagado las brillantes luces y la gente se haya ido a sus casas para acostarse, encontrarás un verdadero tesoro de palomitas de maíz, pedacitos de tarta helada, manzanas acarameladas abandonadas por niños cansados, algodón de azúcar, almendras saladas, bastones de caramelo, cucuruchos de helado a medio terminar y los palitos de los pirulíes. Por todas partes hay un verdadero tesoro para una rata, en las tiendas de campaña, en los quioscos, en los graneros. En una feria hay un desagradable sobrante de comida capaz de satisfacer a todo un ejército de ratas.

Los ojos de Templeton brillaban.

—¿Es eso cierto? —preguntó—. ¿Es verdad todo eso tan apetitoso que me has contado? Me gusta vivir bien y lo que has dicho, me tienta.

—Es cierto —respondió la oveja mayor—. Ve a la feria, Templeton. Descubrirás que las condiciones de una feria superan tus más fantásticos sueños. Cubos con restos pegados de masa agria, latitas que aun contienen algunos pedacitos de atún, bolsas de papel grasiento rebosantes de...

—¡Ya está bien! —gritó Templeton—. No me digas más. Iré.

—Bien —añadió Carlota, haciendo un guiño a la oveja—. No hay tiempo que perder. Pronto pondrán a Wilbur en la jaula. Templeton y yo tenemos que meternos ahora mismo en la jaula y ocultarnos.

La rata no perdió un minuto. Se lanzó a la jaula, se arrastró entre las tablillas y se cubrió con paja para desaparecer de la vista.

—De acuerdo —dijo Carlota—. Ahora me toca a mí.

Se lanzó al aire, soltó hilo y cayó suavemente en el suelo. Luego trepó por el costado de la jaula y se ocultó en el agujero de un nudo de la tabla de arriba.

La oveja mayor comentó:

—¡Vaya cargamento! Ese cartel debería decir: «El famoso cerdo de Zuckerman y dos polizones».

—¡Miren, está llegando-gando-gando la gente! —gritó el ganso—. ¡Silencio, silencio, silencio!

Con el señor Arable al volante, el gran camión se acercaba en marcha atrás al granero. Lurvy y el señor Zuckerman caminaban a los lados. Fern y Avery, de pie sobre la caja, se sujetaban a los bordes.

—Escúchame —murmuró a Wilbur la oveja mayor—. ¡Resístete cuando abran la jaula y traten de meterte dentro! No dejes de forcejear. Los cerdos siempre se resisten cuando los meten en algún sitio.

—Si me resisto, me ensuciaré —dijo Wilbur.

—¡No importa, haz lo que te digo! Si te dejaras meter en la jaula sin oponer resistencia, es posible que pensaran que estás embrujado. Les daría miedo ir a la feria.

Templeton asomó la cabeza entre la paja.

—Resístete si debes hacerlo —le dijo—, pero haz el favor de recordar que yo estoy escondida en esta jaula y no quiero que me pisen o que me golpeen en la cara, que me apachurren, que me aplasten, que me magullen, que me laceren, que me machaquen, que me hieran, que me opriman o que me planchen. ¡Sólo ten cuidado con lo que haces, señor radiante, cuando empiecen a empujarte!

—¡Cállate, Templeton! —le dijo la oveja—. Esconde la cabeza, ya vienen. ¡Tienes que parecer radiante, Wilbur! ¡Escóndete, Carlota! ¡Cállense, gansas!

El camión se acercó al corral dando marcha atrás y luego se detuvo. El señor Arable paró el motor, bajó, fue hacia la parte trasera y bajó el bastidor posterior. Las gansas cloquearon. La señora Arable descendió del caminón. Fern y Avery saltaron al suelo. De la casa llegó la señora Zuckerman. Todo el mundo se acercó a la cerca y, durante un instante, todos se quedaron admirando a Wilbur y a la espléndida jaula verde. Nadie se imaginó que en la jaula ya había una rata y una araña.

—¡Vaya cerdo! —dijo la señora Arable.

—Es magnífico —afirmó Lurvy.

—Está radiante —añadió Fern, recordando el día en que nació.

—Bien, en cualquier caso está limpio —dijo la señora Zuckerman—. De algo sirvió el baño de leche.

El señor Arable examinó cuidadosamente a Wilbur.

—Sí, es un cerdo maravilloso —declaró—. Cuesta trabajo creer que era el más pequeño de la camada. Mucho jamón tendrás, Homer, y mucho tocino, cuando llegue el momento de matar *este* cerdo.

Wilbur oyó aquellas palabras y casi se le paró el corazón.

—Creo que voy a desmayarme —le dijo a la oveja mayor, que lo observaba.

—¡Arrodíllate! —murmuró la oveja—. ¡Para que se te vaya la sangre a la cabeza!

Wilbur se puso de rodillas. Ya no tenía una apariencia precisamente radiante. Cerró los ojos.

—¡Cuidado! —chilló Fern—. ¡Se desmaya!

—¡Eh, mírenme! —gritó Avery mientras se metía a gatas en la jaula—. ¡Soy un cerdo! ¡Soy un cerdo!

Un pie de Avery tocó a Templeton, oculta bajo la paja. «¡Vaya lío!», pensó la rata: «¡Los chicos son insoportables! ¿Por qué me dejé meter en esto?».

Las gansas vieron a Avery dentro de la jaula y empezaron a cloquear.

—¡Avery, sal de la jaula ahora mismo! —le ordenó su madre—. ¿Qué crees que eres?

—¡Soy un cerdo! —gritó Avery, lanzando al aire puñados de paja—. ¡Oink, oink, oink!

—El camión se mueve, papá —dijo Fern.

El camión empezaba a deslizarse cuesta abajo. El señor Arable se subió a toda prisa al asiento del conductor y echó el freno. El camión se detuvo. Las gansas cloquearon. Carlota se acurrucó, encogiéndose tanto como pudo en el agujero del nudo de la madera para que no la viese Avery.

—¡Sal al instante! —gritó la señora Arable. Avery salió a gatas de la jaula, haciendo muecas a Wilbur. Wilbur se desmayó.

—El cerdo se ha desmayado —dijo la señora Zuckerman—. ¡Échenle agua!

—¡Échenle leche cortada! —sugirió Avery.

Las gansas cloquearon.

Lurvy corrió en busca de un cubo de agua. Fern entró al corral y se arrodilló junto a Wilbur.

—Insolación —dijo Zuckerman—. Demasiado calor para él.

—A lo mejor está muerto —afirmó Avery.

—¡Sal de ese corral *inmediatamente*! —gritó la señora Arable. Avery obedeció y se subió a la parte de atrás del camión para poder ver todo mejor. Lurvy regresó con agua fría y la arrojó sobre Wilbur.

—¡Échame algo a mí! —gritó Avery—. ¡También yo tengo muchísimo calor!

—¡Cállate! —gimió Fern—. *Cállate* ahora mismo.

Sus ojos estaban llenos de lágrimas.

Al sentir el agua fría, Wilbur volvió en sí. Se alzó lentamente mientras las gansas cloqueaban.

—¡Se ha puesto en pie! —dijo el señor Arable—. Supongo que no le pasa nada grave.

—Tengo hambre —dijo Avery—. Quiero una manzana acaramelada.

—Wilbur ya está bien —dijo Fern—. Podemos

marcharnos. Tengo ganas de subir a la rueda giratoria.

El señor Zuckerman, el señor Arable y Lurvy cargaron con Wilbur y lo empujaron para que metiera la cabeza en la jaula. Wilbur empezó a resistirse. Cuanto más empujaban, más se resistía. Avery bajó del camión y se unió a los hombres. Wilbur pateaba, se retorcía y gruñía.

—A *este* cerdo no le pasa nada —dijo el señor

Zuckerman alegremente mientras presionaba su rodilla contra la parte posterior de Wilbur—. ¡Ahora, muchachos, todos a la vez! ¡Empujen!

Con un último esfuerzo lo metieron en la jaula. Las gansas cloquearon. Lurvy cerró la entrada de la jaula con unas tablas que afirmó con clavos para que Wilbur no pudiera escapar. Luego, haciendo acopio de todas sus fuerzas, los hombres alzaron la jaula y la colocaron en el camión. Ignoraban que bajo la paja había una rata y una gran araña gris en el interior, en un nudo de la madera. Sólo vieron un cerdo.

—¡Todo el mundo arriba! —dijo el señor Arable. Puso en marcha el motor. Las mujeres subieron a la cabina junto a él. El señor Zuckerman, Lurvy, Fern y Avery viajarían en la parte de atrás, sujetándose a los bordes. El camión empezó a moverse. Las gansas cloquearon. Los chicos les contestaron con gritos de alegría a las gansas y allá fueron todos a la feria.

XVII. Tío

CUANDO llegaron al recinto de la feria pudieron oír la música y vieron la rueda girar en el cielo. Olieron la tierra de la pista de carreras que acababa de humedecer el camión de riego y las hamburguesas que se freían. Vieron los globos que se perdían en las alturas. Oyeron la algarabía de las ovejas en sus rediles. Por los altavoces una voz formidable dijo:

—¡Atención, por favor! ¡Se ruega al propietario de un Pontiac, matrícula H-2439 que retire su automóvil de las proximidades de la caseta de los fuegos artificiales!

—¿Me das dinero? —preguntó Fern.

—¡Y a mí también! —dijo Avery.

—Voy a ganar una muñeca, haciendo girar una rueda para que se pare en mi número —afirmó Fern.

—Yo voy a pilotar un reactor y hacer que choque con otro.

—¿Me compras un globo? —preguntó Fern.

—Pues yo quiero tarta helada, una hamburguesa con queso y un refresco.

—Niños, tranquilos hasta que bajen el cerdo —dijo la señora Arable.

—Deja que se vayan solos —declaró el señor Arable—. Al fin y al cabo, la feria es sólo una vez al año.

El señor Arable le dio a Fern dos monedas de veinticinco centavos y otras dos de diez; y a Avery cinco de diez y cuatro de a cinco.

—¡Ahora, a correr por ahí! —dijo—. Y recuerden que ese dinero tiene que durarles *todo el día*. No vayan a gastarlo en unos minutos. Y regresen al camión a las doce para que comamos todos juntos. Y no coman porquerías que les descompongan el estómago.

—Y si se montan en los columpios —añadió la señora Arable— ¡agárrense fuerte! ¡Agárrense *muy* fuerte! ¿Me oyen?

—¡Y no se pierdan! —dijo la señora Zuckerman.

—¡Y no se ensucien!

—¡No se sofoquen! —dijo su madre.

—¡Cuidado con los rateros! —les advirtió su padre.

—¡Y no vayan a cruzar la pista de carreras cuando lleguen los caballos! —gritó la señora Zuckerman.

Los chicos se tomaron de la mano y corrieron en

dirección al tiovivo, hacia la música y la aventura, hacia un lugar maravilloso donde no hubiese padres que los vigilaran y les dijeran lo que tenían que hacer, y donde pudieran ser felices y hacer lo que se les antojara. La señora Arable se quedó tranquila y los vio marchar. Después suspiró, y luego se sonó la nariz.

—¿Crees que está bien dejarlos solos? —preguntó.

—Algún día tendrán que hacerse mayores —dijo el señor Arable—. Y creo que una feria es un buen lugar para empezar.

Mientras descargaban a Wilbur, lo sacaban de la jaula y lo metían en su nuevo corral, se reunió un gentío para verlo. Todos contemplaron el anuncio: EL FAMOSO CERDO DE ZUCKERMAN. Wilbur los miró a su vez y trató de mostrar la mejor apariencia. Le agradaba su nuevo corral. El suelo estaba cubierto de hierba y se hallaba protegido del sol por un techo.

Aprovechando la oportunidad, Carlota abandonó la jaula y se subió a un poste hasta meterse bajo el alero. Nadie se fijó en ella.

Como no quería aparecer a la luz del día, Templeton permaneció muy quieta bajo la paja del fondo de la jaula. El señor Zuckerman vertió algo de leche descremada en el comedero y echó paja fresca en el corral. Luego, en compañía de la señora Zuckerman y de los Arable, se dirigió hacia los establos para curiosearlo todo y ver las vacas de pura raza. El señor Zuckerman quería examinar especialmente los tractores. La señora Zuckerman quería ver un congelador. Lurvy vagó por la feria, esperando encontrarse con algunos amigos y divertirse un poco.

Tan pronto como se fueron las personas, Carlota le habló a Wilbur.

—Por suerte, tú no puedes ver lo que *yo* veo —dijo.

—¿Qué es lo que ves? —preguntó Wilbur.

—El cerdo del corral de al lado. Es enorme. Me temo que es mucho más grande que tú.

—Tal vez sea más viejo que yo y haya tenido más tiempo para crecer —apuntó Wilbur. Las lágrimas comenzaron a brotar de sus ojos.

—Bajaré y miraré más de cerca —dijo Carlota.

Se deslizó por una viga hasta hallarse directamente sobre la otra pocilga. Entonces se dejó caer soltando hilo hasta colocarse inmediatamente junto al hocico del enorme cerdo.

—¿Puedo saber cómo te llamas? —preguntó cortésmente. El cerdo la observó.

—No tengo nombre —respondió con una voz

grave y cordial—. Llámame simplemente Tío.

—Muy bien, Tío —replicó Carlota—. ¿Cuál es la fecha de tu nacimiento? ¿Eres un cerdo de primavera?

—Pues claro que soy un cerdo de primavera —replicó Tío—. ¿Qué pensabas que era? ¿Un pollo de primavera? Ja, ja, qué chiste tan divertido, ¿eh, hermanita?

—No demasiado —contestó Carlota—. Los he oído mejores. Encantada de haberte conocido, y ahora tengo que irme.

Ascendió lentamente y regresó al corral de Wilbur.

—Dice que es un cerdo de primavera —le informó Carlota—, y tal vez lo sea. Hay algo cierto y es que no resulta simpático. Es muy confianzudo, arma mucho ruido y sus chistes son muy malos. Además no está tan limpio como tú ni resulta tan agradable. Me ha sido antipático en la breve charla que he tenido con él. Sin embargo, Wilbur, va a ser un rival difícil por su tamaño y por su peso. Pero con mi ayuda, podrá arreglarse.

—¿Cuándo vas a tejer una telaraña? —preguntó Wilbur.

—A la caída de la tarde, si no estoy demasiado cansada —comentó Carlota—. En estos días la cosa más mínima me cansa. Me parece que ya no tengo la energía de antes. Supongo que es la edad.

Wilbur miró a su amiga. Le pareció hinchada y lánguida.

—Siento mucho saber que no te encuentras bien, Carlota —le dijo—. Tal vez te hallarías mejor si tejieras una red y atraparas un par de moscas.

—Tal vez —dijo ella con tono de fatiga—. Pero me siento como al final de un día muy largo.

Se subió al techo y se dispuso a echar una siesta, dejando a Wilbur muy preocupado.

Durante toda la mañana, el gentío desfiló ante el

corral de Wilbur. Docenas y docenas de personas desconocidas se detenían a observarlo y a admirar su piel blanca y sedosa, su rabo rizado y su expresión amable y radiante. Luego pasaban a detenerse ante el corral de al lado en donde se encontraba el gran cerdo. Wilbur oyó a varios hacer comentarios favorables acerca del enorme tamaño de Tío. No podía evitar enterarse de aquellas observaciones, ni tampoco conseguía ahuyentar su preocupación. «Y ahora que Carlota no se siente bien…», pensaba.

Templeton durmió tranquilamente bajo la paja durante toda la mañana. El calor era ya muy intenso. A las doce, los Zuckerman y los Arable regresaron al corral. Unos minutos más tarde aparecieron Fern y Avery. Fern llevaba en brazos un monito de juguete y comía palomitas de maíz. Avery tenía un globo sujeto a una oreja y mordisqueaba una manzana acaramelada. Los chicos estaban sofocados y sucios.

—¿No hace calor? —preguntó la señora Zuckerman.

—Hace *muchísimo* calor —replicó la señora Arable, abanicándose con el anuncio de un congelador.

Uno tras otro subieron al camión y abrieron las bolsas de comida. El sol caía implacable. Nadie parecía tener hambre.

—¿Cuándo van a decidir los jueces acerca de Wilbur? —preguntó la señora Zuckerman.

—No decidirán hasta mañana —dijo el señor Zuckerman.

Apareció Lurvy con una manta india que había ganado.

—Eso es justamente lo que necesitamos —comentó Avery—. Una manta.

—Pues claro que sí —replicó Lurvy.

Y entonces extendió la manta de flanco a flanco del camión, como si fuese una pequeña tienda. Los niños se sentaron a la sombra, bajo la manta y se sintieron mejor.

Después de comer, se tendieron y se quedaron dormidos.

XVIII. El fresco del atardecer

CUANDO las sombras oscurecieron el recinto de la feria y llegó el fresco del atardecer, Templeton se deslizó fuera del banasto y miró en torno de sí. Wilbur estaba dormido sobre la paja. Carlota tejía una tela. El penetrante olfato de Templeton descubrió muchos tenues olores en el aire. La rata estaba hambrienta y sedienta. Decidió ir a explorar y se marchó sin decir nada a nadie.

—¡Tráeme una palabra! —le advirtió Carlota—. Esta noche escribiré por última vez.

La rata masculló algo para sí misma y desapareció entre las sombras. No le gustaba que la tratasen como a un recadero.

Tras el calor del día, el anochecer sobrevino como un alivio para todos. La rueda giratoria estaba ahora iluminada. Giraba y giraba en el cielo y parecía tener un tamaño doble del que tenía de día. Había luces en la avenida central de la feria y se oían los chasquidos de las máquinas tragamonedas, la música del tiovivo y la voz del hombre que, en la tómbola, iba cantando números.

Los niños se sintieron descansados tras la siesta. Fern encontró a su amigo Henry Fussy, quien la invitó a subir con él a la rueda. Incluso le pagó la entrada, así que no le costó nada a Fern. Cuando, por casualidad, levantó la vista hacia el cielo estrellado, la señora Arable vio a su hijita sentada con Henry Fussy, subiendo y subiendo en el aire. Vio también cuán feliz parecía Fern y meneó la cabeza.

—¡Caramba, caramba! —dijo—. ¡Hay que ver! ¡Henry Fussy!

Templeton se mantuvo oculta. En las hierbas altas tras los establos encontró un periódico doblado. Dentro estaban los restos de la comida de alguien: un bocadillo de jamón con picante, un pedazo de queso suizo, parte de un huevo duro y el corazón de una manzana con gusano. La rata se metió adentro y se lo comió todo. Luego arrancó una palabra del periódico, lo enrolló y se puso en camino de regreso al corral de Wilbur.

Carlota tenía la tela de araña casi acabada cuando regresó Templeton con el pedazo de periódico. Había dejado un hueco en el centro de la red. A aquella hora no había personas en torno al corral, así que la rata, la araña y el cerdo podían hablar tranquilamente.

—Espero que sea una buena palabra la que me has traído —dijo Carlota—. Va a ser la última que escriba.

—Aquí está —dijo Templeton, desenrrollando el papel.

—¿Qué dice? —preguntó Carlota—. Tendrás que léermela.

—Dice «Humilde» —replicó la rata.

—¿Humilde? —dijo Carlota—. «Humilde» tiene dos significados. Significa «no orgulloso» y significa «cerca de la tierra». Le viene muy bien a Wilbur. Él no es orgulloso y está cerca de la tierra.

—Bueno, espero que estés satisfecha —declaró desdeñosamente la rata—. No pienso pasarme el tiempo recogiendo y llevando. Vine a esta feria para divertirme, no para entregar papeles.

—Has servido de gran ayuda —repuso Carlota—. Vete ahora, si quieres ver más de la feria.

La rata se sonrió.

—Voy a aprovechar bien la noche —declaró—.
La oveja mayor tenía razón. ¡Esta feria es el paraíso
de una rata! ¡Qué manera de comer! ¡Y de beber! Y
por todas partes buenos escondrijos y mejores hallazgos. ¡Adiós, adiós, mi humilde Wilbur! ¡Que te
vaya bien, Carlota, buena intrigante! Esta será una
noche inolvidable en la vida de una rata.

Desaparcció entre las sombras.

Carlota reanudó su trabajo. Ya era noche cerrada.
En la distancia empezaron a sonar los fuegos artificiales, cohetes que desplegaban en el aire lenguas
de fuego. Cuando los Arable, los Zuckerman y
Lurvy regresaron de la tribuna de espectadores,
Carlota había terminado su telaraña. La palabra
HUMILDE estaba nítidamente tejida en el centro.
En la oscuridad nadie la advirtió. Todo el mundo se

sentía fatigado y alegre.

Fern y Avery subieron al camión y se tendieron, cubriéndose con la manta india. Lurvy le echó a Wilbur un montón de paja fresca. El señor Arable le despidió con una palmada.

—Ya es hora de que nos vayamos a dormir —dijo al cerdo—. Mañana te veremos.

Las personas mayores subieron al camión y Wilbur oyó cómo se ponía en marcha el motor y cómo se alejaba lentamente el vehículo. Si Carlota no hubiese estado con él se habría sentido solitario y nostálgico. Jamás se sentía solitario cuando ella estaba cerca. Hasta allí aun le llegaba la música del distante tiovivo.

A punto de sumirse en el sueño le dijo a Carlota:

—Cántame otra vez esa canción del estiércol oscuro —le rogó.

—Esta noche, no —respondió ella en voz baja—. Yo también estoy cansada.

Su voz no parecía proceder de la telaraña.

—¿Dónde estás? —preguntó Wilbur—. No puedo verte. ¿Estás en tu tela?

—He vuelto aquí —replicó—. Al rincón de arriba.

—¿Por qué no estás en tu telaraña? —preguntó Wilbur—. Casi *nunca* abandonas tu red.

—La he dejado esta noche —dijo.

Wilbur cerró los ojos.

—Carlota —dijo al cabo de un rato—. ¿Crees tú que Zuckerman me dejará vivir y no me matará cuando llegue el frío? ¿Lo crees verdaderamente?

—Pues claro —respondió Carlota—. Eres un cerdo famoso y un buen cerdo. Probablemente mañana ganarás un premio. Todo el mundo oirá hablar de ti. Zuckerman se sentirá orgulloso y contento de ser el dueño de semejante cerdo. No tienes nada que temer, Wilbur, no hay nada de lo que debas preocuparte. Tal vez vivas para siempre. ¿Quién sabe? Y ahora, vete a dormir.

Durante un rato no se oyó ningún sonido. Después, Wilbur volvió a preguntar.

—¿Qué estás haciendo allá arriba, Carlota?

—Oh, haciendo algo —dijo—. Haciendo algo, como de costumbre.

—¿Es algo para mí? —preguntó Wilbur.

—No, esta vez se trata de algo para *mí* —declaró Carlota.

—Por favor, dime de qué se trata —le suplicó Wilbur.

—Te lo diré por la mañana —dijo—. Cuando asomen en el cielo las primeras luces y se agiten los gorriones, cuando las vacas hagan sonar sus cencerros, cuando cante el gallo y las estrellas desaparezcan, cuando resuenen los primeros autos en la carretera, tú mirarás hacia aquí arriba y yo te enseñaré algo. Te mostraré mi obra maestra.

Antes de que terminara de hablar, Wilbur estaba ya dormido. Por el sonido de su respiración, la araña comprendió que ya dormía tranquilo y profundamente sobre la paja.

A millas de allí, en la casa de los Arable, los hombres se sentaron en torno a la mesa de la cocina para comer unos melocotones en conserva. En el piso de arriba, Avery dormía en su cama. La señora Arable arropaba a Fern.

—¿Lo pasaste bien en la feria? —preguntó a su hija al tiempo que la besaba.

Fern asintió.

—Ha sido el día más feliz de toda mi vida.

—¡Caramba! —dijo la señora Arable—. ¡Qué bien!

XIX. El saco de huevos

A LA MAÑANA siguiente, cuando asomaron en el cielo las primeras luces y se agitaron los gorriones en los árboles, cuando cantó el gallo, y los primeros autos pasaron por la carretera, Wilbur se despertó y buscó a Carlota. La distinguió en un rincón, allá arriba, en el techo de la parte posterior del corral. Estaba muy quieta. Sus ocho patas se hallaban extendidas. Parecía haberse encogido durante la noche. Junto a ella, sujeto al techo, Wilbur vio un curioso objeto. Se asemejaba a una bolsa o a un capullo. Tenía el color de los melocotones y parecía como si hubiese sido hecho de azúcar hilada.

—¿Estás despierta, Carlota? —preguntó en voz baja.

—Sí —le respondió.

—Qué cosa tan bonita. ¿La hiciste tú?

—Sí, claro —replicó Carlota con voz débil.

—¿Es un juguete?

—¿Un juguete? Yo diría que no. Es mi saco de huevos, mi *magnum opus*.

—No sé lo que es magnum opus —declaró Wilbur.

—Es latín —le explicó Carlota—, significa «gran obra». Este saco de huevos es mi gran obra, lo mejor que he hecho.

—¿Y qué hay dentro? —preguntó Wilbur—. ¿Huevos?

—Quinientos catorce —contestó.

—¿*Quinientos catorce?* —dijo Wilbur—. Estás bromeando.

—No, en absoluto. Los conté. Empecé a contar-

los y luego seguí, para tener ocupada la mente.

—Es un saco de huevos bellísimo —manifestó Wilbur, tan satisfecho como si lo hubiera hecho él.

—Sí, *es* bonito —replicó Carlota— palmeando el saco con sus dos patas delanteras—. En cualquier caso, puedo garantizarte que es fuerte. Está hecho con los materiales más resistentes que tenía. Además, es impermeable. Los huevos se hallan dentro y se conservarán calientes y secos.

—Carlota —dijo Wilbur, como en sueños—. ¿Vas a tener en realidad quinientos catorce hijos?

—Si no pasa nada, sí —contestó—. Claro es que no saldrán hasta la próxima primavera.

Wilbur advirtió un acento de tristeza en la voz de Carlota.

—¿Por qué suenas tan deprimida? Yo pensé que eso te haría sentirte feliz.

—Oh, no me hagas caso —declaró Carlota—. Es que ya no me queda mucho vigor. Supongo que me siento triste porque nunca veré a mis hijos.

—¿Qué significa eso de que nunca verás a tus hijos? Pues *claro* que los verás. *Todos* los veremos. Va a ser sencillamente maravillosa la próxima primavera en el granero con quinientas catorce arañitas corriendo por todos los lados. Y la gansa tendrá otros gansitos y las ovejas tendrán corderitos…

—Tal vez —dijo quedamente Carlota—. Pero tengo la sensación de que yo no veré los resultados de mis esfuerzos de anoche. No me siento nada bien. A decir verdad, creo que estoy languideciendo.

Wilbur no entendía qué era eso de «languidecer» y no quiso molestar a Carlota pidiéndole que se lo explicara. Pero estaba tan preocupado que acabó por preguntárselo.

—¿Qué significa «languidecer»?

—Significa que decaigo, que noto la edad. Wilbur, ya no soy joven. Pero no quiero que te preocupes por mí. Este es tu gran día. Mira mi telaraña. ¿No está espléndida con el rocío?

La telaraña de Carlota jamás estuvo tan bella como aquella mañana. Cada hilo retenía docenas de brillantes gotitas del rocío de la mañana. La bañaba la luz del amanecer que destacaba todo su trazado. Era una muestra perfecta de diseño y de destreza. Así que transcurrieran una o dos horas, pasaría por allí la gente, admirándola, leyendo la palabra, observando a Wilbur y maravillándose ante tal milagro.

Mientras Wilbur observaba la telaraña surgieron unos bigotes y un rostro aguzado. Templeton se arrastró lentamente por el corral y se tendió en un rincón.

—Estoy de vuelta —dijo con voz ronca—. ¡Qué noche!

La rata mostraba ahora un tamaño doble del normal. Su estómago era tan enorme como un tarro de jalea.

—¡Qué noche! —repitió roncamente—. ¡Qué festín y qué rumba! ¡Una auténtica comilona! He debido comerme los restos de treinta almuerzos. Jamás había visto tantas sobras y todas bien pasadas y aderezadas con el paso del tiempo y el calor del día. ¡Fabuloso, amigos míos, fabuloso!

—Deberías avergonzarte de ti misma —declaró

Carlota disgustada—. Merecerías sufrir una seria indigestión.

—No te preocupes por mi estómago —gruñó Templeton—. Yo puedo soportarlo todo. Y a propósito, tengo algunas malas noticias. Cuando pasé junto a ese cerdo de al lado —el que se hace llamar Tío— vi que había un rótulo azul pegado a la cerca de su corral. Eso significa que ha ganado el primer premio. Supongo que estás derrotado, Wilbur. Puedes echarte a descansar, nadie vendrá a *ponerte* ninguna medalla. Por lo demás, no me sorprendería que Zuckerman cambiara de idea acerca de ti. ¡Aguarda a que empiece a sentir ganas de filetes de cerdo, de jamón ahumado y de tocino crujiente! Te meterá el cuchillo, muchacho.

—¡Cállate, Templeton! —dijo Carlota—. ¡Estás demasiado repleta para saber lo que dices! ¡No le hagas caso, Wilbur!

Wilbur trató de no pensar en lo que la rata acababa de decir. Decidió cambiar de tema de conversación.

—Templeton —dijo Wilbur—, si no te hubieses atracado tanto, te habrías fijado en que Carlota ha hecho un saco de huevos. Va a ser madre. Para que lo sepas, en ese saquito de color melocotón hay quinientos catorce huevos.

—¿Es cierto? —preguntó la rata, arrojando a la bolsa una mirada suspicaz.

—Sí, es cierto —suspiró Carlota.

—¡Felicidades! —murmuró Templeton—. ¡*Menuda* noche!

Cerró los ojos, se echó algo de paja por encima y se sumió en un profundo sueño. Wilbur y Carlota se alegraron de quitársela del medio por un rato.

A las nueve en punto, el camión del señor Arable penetró en el recinto de la feria y se detuvo ante la pocilga de Wilbur. Todos se bajaron.

—¡Miren! —gritó Fern—. ¡Miren la telaraña de Carlota! ¡Vean lo que dice!

Las personas mayores y los niños se congregaron allí, estudiando el nuevo letrero.

—Humilde —dijo el señor Zuckerman—. ¡Pero esa no es la palabra adecuada para Wilbur!

Todo el mundo se alegró al ver cómo se había repetido el milagro de la telaraña. Wilbur contempló encariñado sus caras. Parecía muy humilde y muy agradecido. Fern hizo un guiño a Carlota. Lurvy pronto empezó su trabajo. Vertió en el comedero un cubo de desperdicios calientes, y mientras Wilbur desayunaba lo rascó suavemente con un palo alisado.

—¡Esperen un minuto! —gritó Avery—. ¡Miren esto!

Y señaló el rótulo azul en el corral de Tío.

—Este cerdo ha ganado ya el primer premio.

Los Zuckerman y los Arable se inmovilizaron ante el rótulo. La señora Zuckerman empezó a llorar. Nadie dijo una palabra. Simplemente, seguían mirando el rótulo. Lurvy extrajo un enorme pañuelo y se sonó ruidosamente, tan fuerte en realidad que le oyeron los mozos que estaban más allá de las cuadras.

—¿Me das dinero? —dijo Fern—. Quiero ir a las atracciones.

—¡Tú te quedas aquí! —dijo su madre. Las lágrimas asomaron a los ojos de Fern.

—¿A qué viene todo esto? —preguntó el señor Zuckerman—. ¡A trabajar! ¡Edith, trae la leche cortada!

La señora Zuckerman se enjugó los ojos con el pañuelo. Se dirigió al camión y volvió con un galón de leche cortada.

—¡Es la hora del baño! —dijo alegremente Zuckerman.

Él, la señora Zuckerman y Avery entraron en el corral de Wilbur. Avery vertía lentamente la leche sobre la cabeza y el lomo de Wilbur, y cuando escurría por sus costados y por su cara, el señor y la señora Zuckerman le frotaban los pelos y la piel. Quienes pasaban se detenían a observar. Muy pronto se reunió todo un gentío. Wilbur se tornó espléndidamente blanco y terso. El sol matinal se filtraba por sus rosadas orejas.

—No es tan grande como el cerdo de al lado —comentó uno de los curiosos— pero está más limpio. Así es cómo me gustan.

—Y a mí también —dijo otro hombre.

—Y además es humilde —dijo una mujer, leyendo la palabra en la tela de araña.

Todo el que visitaba el corral tenía algo bueno que decir acerca de Wilbur. Todo el mundo admiraba

la telaraña. Y, desde luego, nadie reparó en Carlota.

De repente, por el altavoz, se oyó decir.

—¡Atención, por favor! Se ruega al señor Homer Zuckerman que traiga su famoso cerdo ante la caseta de los jueces, frente a la tribuna. Dentro de veinte minutos le será otorgado un premio especial. ¡Por favor, señor Zuckerman, meta a su cerdo en la jaula y preséntese inmediatamente en la caseta de los jueces!

Durante el instante que siguió a este aviso, los Arable y los Zuckerman fueron incapaces de hablar o de moverse. Luego Avery tomó un puñado de paja, la lanzó al aire y dio un fuerte grito. La paja cayó como confetti sobre el pelo de Fern. El señor Zuckerman besó a la señora Zuckerman. El señor Arable besó a la señora Arable. Avery besó a Wilbur. Lurvy estrechó la mano de todo el mundo. Fern abrazó a su madre. Avery abrazó a Fern. La señora Arable abrazó a la señora Zuckerman.

Allá arriba, entre las sombras del techo, Carlota permanecía invisible, acurrucada, abarcando con sus patas delanteras el saco de huevos. Su corazón no latía con la fuerza de costumbre. Se advertía cansada y vieja pero, al fin, estaba segura de que había salvado la vida de Wilbur y se sentía tranquila y satisfecha.

—¡No tenemos tiempo que perder! —gritó el

señor Zuckerman—. ¡Lurvy, trae la jaula!

—¿Puedes darme algo de dinero? —preguntó Fern.

—¡*Espera*! —respondió la señora Arable—. ¿No ves que todos estamos ocupados?

—¡Lleva ese jarro vacío al camión! —ordenó el señor Arable. Avery tomó el jarro y corrió al camión.

—¿Voy bien peinada? —preguntó la señora Zuckerman.

—Vas bien —respondió el señor Zuckerman mientras él y Lurvy colocaban la jaula frente a Wilbur.

—¡Pero si ni siquiera *me* has mirado! —añadió la señora Zuckerman.

—Estás bien peinada, Edith —dijo la señora Arable—. Tranquilízate.

Templeton, dormida entre la paja, oyó la conmoción y se despertó. No sabía exactamente lo que estaba pasando, pero cuando vio cómo empujaban los hombres a Wilbur para meterlo en la jaula decidió ir también. Aprovechó una oportunidad y cuando nadie miraba, se deslizó hasta la jaula y se escondió en el fondo bajo la paja.

—¡Todo listo, chicos! —gritó el señor Zuckerman—. ¡Vámonos! El señor Arable, Lurvy, Avery y él alzaron la jaula y la cargaron en el camión. Fern subió al camión y se sentó sobre la jaula. Todavía tenía pajitas en el pelo y estaba muy bonita y emocionada. El señor Arable puso en marcha el motor. Todo el mundo subió, y allá se fueron camino de la caseta de los jueces frente a la gran tribuna.

Cuando pasaron junto a la rueda, Fern miró a lo alto y deseó encontrarse allá arriba, con Henry Fussy a su lado.

XX. La hora del triunfo

¡AVISO ESPECIAL! —dijo el altavoz con tono pomposo—. La dirección de la feria se complace en presentar al señor Homer L. Zuckerman y su famoso cerdo. El camión que trae ese extraordinario animal está ahora aproximándose al recinto. ¡Tengan la bondad de echarse hacia atrás y hacerle paso al camión! Dentro de unos momentos, el cerdo será descargado en la zona especial de exhibición frente a la gran tribuna. Dejen sitio para que pase el camión. Gracias.

Wilbur tembló cuando oyó aquellas palabras. Se sentía feliz, pero mareado. El camión avanzaba lentamente. Lo rodeaba el gentío y el señor Arable tenía que conducir con mucho cuidado para no atropellar a alguien. Por fin consiguió llegar hasta la caseta de los jueces. Avery saltó al suelo y abrió la puerta trasera.

—Estoy muerta de miedo —murmuró la señora

Zuckerman—. Son cientos de personas las que nos miran.

—¡Ánimo! —respondió la señora Arable—. Esto es divertido.

—¡Descargue el cerdo, por favor! —dijo el altavoz.

—¡Todos a un tiempo, chicos! —dijo el señor Zuckerman. Varios hombres salieron del gentío para ayudar a levantar la jaula. Avery era el que más entusiasmo ponía en la tarea.

—¡Métete la camisa por dentro, Avery! —gritó la señora Zuckerman—. Y apriétate bien el cinturón. Se te están cayendo los pantalones.

—¿No ves que estoy ocupado? —replicó Avery, molesto.

—¡Miren! —gritó Fern, señalando—. ¡Allí está Henry!

—¡No grites, Fern! —dijo su madre—. ¡Y no señales!

—*Por favor*, ¿puedes darme dinero? —preguntó Fern—. Henry me invitó a subir otra vez a la rueda, pero me parece que ya no le queda dinero. Se lo gastó.

La señora Arable abrió su bolso.

—Toma —dijo—. Aquí tienes cuarenta centavos. ¡No te pierdas! ¡Y vuelve pronto para reunirte con nosotros!

Fern echó a correr en busca de Henry, abriéndose paso a empellones entre la gente.

—Ahora están sacando de la jaula al cerdo de Zuckerman —tronó el altavoz—. ¡Esperen el próximo aviso!

Templeton se acurrucó bajo la paja en el fondo de la jaula.

—¡Cuánta tontería! —murmuró la rata—. ¡Qué escándalo por nada!

Carlota descansaba en lo alto del corral, sola y silenciosa. Con sus dos patas delanteras abrazaba el saco de huevos. Carlota podía oír todo lo que decía el altavoz. Aquellas palabras le dieron valor. Esta era la hora de su triunfo.

Cuando Wilbur salió de la jaula, el gentío aplaudió y gritó. El señor Zuckerman se quitó la gorra y se inclinó. Lurvy extrajo del bolsillo su enorme pañuelo y se secó el sudor de la nuca. Avery se arrodilló en el polvo junto a Wilbur, frotándolo y presumiendo. La señora Zuckerman y la señora Arable permanecieron en el estribo del camión.

—Señoooras y caballeros —dijo el altavoz—, les presentamos ahora al distinguido cerdo del señor Homer L. Zuckerman. La fama de este animal singular ha llegado a los últimos rincones de la Tierra, atrayendo a muchos turistas hasta nuestro gran estado. Muchos de ustedes recordarán aquel inolvidable día de verano en que aparecieron misteriosamente unas palabras en la telaraña del granero del señor Zuckerman, llamando la atención de residentes y visitantes sobre el hecho de que este cerdo era algo por completo fuera de lo común. Este milagro jamás ha sido totalmente explicado, aunque hombres instruidos visitaron el corral de Zuckerman para estudiar y observar el fenómeno. Según un último análisis, simplemente sabemos que en este caso se trata de fuerzas sobrenaturales y que todos debemos sentirnos orgullosos y agradecidos. En palabras de la telaraña, señoras y caballeros: «Vaya cerdo».

Wilbur se ruborizó. Se mantenía perfectamente inmóvil y trató de ofrecer un aspecto inmejorable.

—Este magnífico animal —continuó el altavoz— es verdaderamente «magnífico». ¡Fíjense, señoras y caballeros! Adviertan la tersura y la blancura de su piel, observen ese cuerpo sin manchas y el saludable tono rosáceo de sus orejas y de su hocico.

—Ha sido el baño de leche cruda —murmuró la señora Arable a la señora Zuckerman.

—¡Adviertan el aspecto radiante de este animal! Recuerden luego el día en que apareció claramente la palabra «radiante» en la telaraña. ¿De dónde procedía esa misteriosa escritura? No de la araña, de eso podemos estar seguros. Las arañas son muy diestras en tejer sus redes, pero no hace falta decir que las arañas no saben escribir.

—¿Cómo que no saben? ¿Cómo que no saben? —murmuró Carlota para sí misma.

—Señooooras y caballeros —prosiguió el altavoz—. No quiero privarles más de su valioso tiempo. En nombre de los organizadores de la feria, tengo el honor de otorgar al señor Zuckerman un premio especial de veinticinco dólares, junto con una medalla de bronce, convenientemente grabada, como muestra de nuestro aprecio por el papel desempeñado por este cerdo —este cerdo radiante, magnífico y humilde— al haber atraído a tantos visitantes a nuestra gran feria del condado.

A medida que se sucedía este discurso largo y lisonjero, Wilbur se había sentido cada vez más mareado. Cuando oyó que el gentío comenzaba de nuevo a gritar y a aplaudir, se desmayó de repente. Sus patas se aflojaron, su mente se quedó en blanco y cayó al suelo, inconsciente.

—¿Qué sucede? —preguntó el altavoz—. ¿Qué es lo que pasa, Zuckerman? ¿Qué le ocurre a su cerdo?

Avery se había arrodillado junto a la cabeza de Wilbur, frotándole. El señor Zuckerman daba vueltas alrededor, abanicándolo con su gorra.

—Está bien —gritó el señor Zuckerman—. Le

dan estas cosas. Es modesto y no puede resistir las alabanzas.

—Bueno, no podemos dar un premio a un cerdo *muerto* —dijo el altavoz—. Jamás se ha hecho una cosa así.

—No está muerto —rugió el señor Zuckerman—. Se ha desmayado. Se turba con facilidad. ¡Lurvy, trae agua!

Lurvy salió a la carrera del área de exhibición y desapareció.

Templeton asomó la cabeza entre la paja. Advirtió que el extremo del rabo de Wilbur estaba a su alcance. Templeton se sonrió.

—Yo me encargaré de esto —dijo, lanzando una risita. Se llevó a la boca el rabo de Wilbur y lo mordió como ella era capaz de morder. El dolor reanimó a Wilbur. En un santiamén se puso en pie.

—¡Uf! —chilló.

—¡Hurra! —gritó el gentío—. ¡Se ha puesto en pie! ¡El cerdo se ha puesto en pie! ¡Buen trabajo, Zuckerman! ¡Vaya cerdo!

Todo el mundo se sintió satisfecho. El señor Zuckerman era el más complacido de todos. Suspiró aliviado. Nadie había visto a Templeton. La rata había realizado muy bien su tarea.

Y entonces uno de los jueces subió al área de exhibición con los premios. Entregó al señor Zuckerman dos billetes de diez dólares y uno de cinco. Luego pasó la cinta de la medalla por el cuello de Wilbur. Después estrechó la mano del

señor Zuckerman mientras Wilbur se ruborizaba.
Avery tendió su mano y el juez se la estrechó tam-
bién. El gentío gritó. Un fotógrafo retrató a
Wilbur.

Una gran sensación de felicidad se apoderó de los
Zuckerman y de los Arable. Este era el momento
más importante en la vida del señor Zuckerman.
Resultaba tremendamente satisfactorio ganar un
premio delante de tanta gente.

Cuando metían a Wilbur en la jaula, llegó Lurvy
con un cubo de agua y los ojos fuera de las órbitas.
Sin titubear un segundo arrojó el agua sobre
Wilbur. En su excitación falló el objetivo y el agua
cayó sobre el señor Zuckerman y Avery. Quedaron
empapados.

—¡Por el amor de Dios! —tronó el señor
Zuckerman, calado hasta los huesos—. ¿Qué te
pasa, Lurvy? ¿No ves que el cerdo está bien?

—Usted me dijo que trajera agua —dijo Lurvy
sumisamente.

—Pero no te pedí que me dieras un baño —repuso
el señor Zuckerman. El gentío rompió en risotadas.
Finalmente, el señor Zuckerman tuvo que reírse
también. Y, desde luego, a Avery le entusiasmó
verse tan mojado y en el acto empezó a comportarse como un payaso. Hizo como que se duchaba;
entre mueca y mueca dio vueltas frotándose en los

sobacos con un imaginario jabón. Y luego se secó con una imaginaria toalla.

—¡Avery, quieto! —gritó su madre—. ¡Deja de hacer el tonto!

Pero al gentío le gustó aquello. Avery sólo oyó los aplausos. Le gustaba ser un payaso en una pista, viéndolo todo el mundo, frente a la tribuna. Cuando descubrió que aún quedaba un poco de agua en el fondo del cubo, lo alzó en el aire, se vertió el agua y volvió a hacer muecas. Los chicos de la tribuna lanzaron gritos para demostrar su satisfacción.

Y por fin las cosas se calmaron. Wilbur fue cargado en el camión. Avery fue sacado del área de exhibición por su madre y colocado en el asiento del camión para que se secara. El vehículo, conducido por el señor Arable, regresó lentamente al corral. Los pantalones mojados de Avery dejaron una gran mancha húmeda en el asiento.

XXI. El último día

CARLOTA y Wilbur se quedaron solos. Todos habían ido a buscar a Fern. Templeton dormía. Wilbur descansaba tras la excitación y las emociones de la ceremonia. Aún colgaba de su cuello la medalla; aún podía verla si miraba con el rabillo del ojo.

—Carlota —dijo Wilbur al cabo de un rato—. ¿Por qué estás tan quieta?

—Porque me gusta —dijo—. Siempre he sido más bien tranquila.

—Sí, pero hoy pareces más quieta que nunca. ¿Te sientes bien?

—Un poco cansada, quizás. Pero me siento en paz. Tu éxito de esta mañana ante la tribuna fue, en cierto grado, mi éxito. Tu futuro está asegurado. Vivirás seguro y sin preocupaciones, Wilbur. Nada puede amenazarte ahora. Estos días de otoño serán cada vez más cortos y fríos. Las hojas se desprenderán de los árboles y caerán al suelo. Llegará la

Navidad y luego las nieves del invierno. Vivirás para disfrutar de la belleza del mundo helado. Porque tú significas mucho para Zuckerman y no te hará nada, nunca. Pasará el invierno, se alargarán los días, se fundirá el hielo sobre la charca de la dehesa. Retornarán los jilgueros y cantarán, despertarán las ranas, soplará de nuevo el viento cálido. Podrás disfrutar de todas esas imágenes, sonidos y olores, Wilbur, de ese mundo encantador, de esos magníficos días...

Carlota se detuvo. Un momento después, una lágrima asomó a un ojo de Wilbur.

—Oh, Carlota —dijo—. ¡Y pensar que cuando te conocí, creí que eras cruel y sanguinaria!

Cuando se recobró de la emoción, habló de nuevo.

—¿Por qué hiciste todo esto por mí? —preguntó—. No me lo merezco. Jamás hice nada por ti.

—Has sido mi amigo —replicó Carlota—. Eso es algo importante. Yo tejí mis telarañas para ti porque te aprcciaba. Al fin y al cabo, ¿qué es la vida, en cualquier caso? Nacemos, vivimos un tiempo y luego morimos. La vida de una araña es un desastre, con todas estas trampas y comiendo moscas. Al ayudarte, quizás trataba de elevar mi vida un tanto. Dios sabe que cualquiera puede hacer lo mismo con su existencia.

—Bueno —dijo Wilbur—. No sé decir discursos. No tengo tu facilidad de palabra. Pero tú me has salvado, Carlota, y de buena gana daría mi vida por ti, de verdad.

—Estoy segura de que lo harías. Y te agradezco tus generosos sentimientos.

—Carlota —dijo Wilbur—. Todos nosotros regresaremos hoy a casa. La feria casi ha terminado. ¿No será maravilloso estar de nuevo en el primer piso del granero con las ovejas y las gansas? ¿No tienes ganas de regresar?

Por un instante Carlota no dijo nada. Luego habló en voz tan baja que Wilbur apenas pudo captar las palabras.

—Yo no volveré al granero —dijo.

Wilbur se puso en pie de un salto.

—¿Cómo que no vas a volver? —gritó—. ¿De qué me estás hablando, Carlota?

—Estoy acabada —contestó—. Dentro de uno o dos días habré muerto. Ya no me queda fuerza ni para meterme en la jaula. Dudo de que tuviera seda suficiente en mis hileras para descender hasta el suelo.

Al oír aquello, Wilbur experimentó un acceso de dolor y de pena. Enormes sollozos estremecían su cuerpo. Gimió y gruñó desolado:

—¡Carlota! —se quejó—. ¡Carlota! ¡Mi amiga de verdad!

—Vamos, no hagas una escena —dijo la araña—. Tranquilízate, Wilbur. ¡Y deja de dar vueltas!

—Pero no puedo evitarlo —gritó Wilbur—. No te dejaré morir aquí sola. Si tienes que quedarte, yo me quedaré también.

—No seas ridículo —declaró Carlota—. Tú no puedes quedarte aquí. Zuckerman, Lurvy, John Arable y los demás volverán dentro de un minuto, te meterán en la jaula y allá te irás. Además, no tendría ningún sentido que tú te quedaras. Aquí no habría nadie que te trajera comida. El recinto de la feria pronto quedará vacío y abandonado.

Wilbur fue presa del pánico. Dio vueltas y más vueltas por el corral. De repente tuvo una idea: se acordó del saco de huevos y de las quinientas catorce arañitas que saldrían de allí en primavera. Si la propia Carlota no podía regresar al granero, al menos él tenía que llevar a casa a sus hijos.

Wilbur corrió hasta la cerca del corral. Colocó sus patas delanteras sobre las tablas y observó en torno de él. A lo lejos vio acercarse a los Arable y a los Zuckerman. Sabía que tendría que actuar rápidamente.

—¿Dónde está Templeton? —preguntó.

—En aquel rincón, bajo la paja, dormida —dijo Carlota.

Wilbur corrió hacia ella, metió su robusto hocico

bajo la rata y la lanzó al aire.

—¡Templeton! —chilló Wilbur—. ¡Presta atención!

La rata, sorprendida en un profundo sueño, pareció primero aturdida y después molesta.

—¿Qué clase de estupidez es ésta? —gruñó—. ¿No puede una rata echar un sueñecito sin que la lancen sin más ni más al aire?

—¡Escúchame! —gritó Wilbur—. Carlota está muy enferma. Le queda muy poco tiempo de vida. No puede acompañarnos a casa debido a su estado. Por eso resulta absolutamente necesario que yo lleve conmigo su saco de huevos. No puedo alcanzarlo ni tampoco me es posible trepar. Tú eres la única que puede lograrlo. No hay un segundo que perder. Viene la gente, estarán aquí en un instante. Por favor, por favor, *por favor*, Templeton, sube y consígueme el saco de huevos.

La rata bostezó. Enderezó sus bigotes. Luego alzó la vista hacia el saco de huevos.

—¡Bien! —dijo enojada—. ¿Así que otra vez hay que recurrir a Templeton? Templeton haz esto, Templeton haz lo otro; Templeton, haz el favor de bajar al vertedero y traerme un pedazo de periódico; Templeton, haz el favor de prestarme un pedazo de cuerda para que yo pueda tejer una tela de araña.

—¡Aprisa, Templeton! —dijo Wilbur—. ¡Aprisa, Templeton!

Pero la rata no tenía prisa. Empezó a imitar la voz de Wilbur.

—Y ahora «Aprisa, Templeton». ¿Eh? —dijo—. Vaya, vaya. ¿Y qué es lo que saco yo con todo esto? Me gustaría saberlo. Jamás una palabra amable para la buena Templeton, sólo insultos, pullas y alusiones despectivas. Jamás una palabra amable para la rata.

—Templeton —dijo Wilbur desesperado—, si no dejas de hablar y pones manos a la obra, todo se perderá y yo moriré del disgusto. ¡Por favor, sube!

Templeton estaba tendida panza arriba sobre la paja. Perezosamente, metió las patas delanteras bajo su cabeza y cruzó las traseras, en una actitud de completa calma.

—Moriré del disgusto —repitió burlona—. ¡Qué enternecedor, caray! Me parece que sólo te acuerdas de mí cuando estás en apuros. Pero jamás supe de nadie que se muriera de disgusto por mí. Ah, no. ¿A quién le importa Templeton?

—¡Levántate! —chilló Wilbur—. ¡Deja de comportarte como una niña mimada!

Templeton se sonrió y permaneció inmóvil.

—¿Quién hizo viaje tras viaje al vertedero? —preguntó—. ¡Pues Templeton! ¿Quién salvó la vida de Carlota, ahuyentando al chico de los Arable con un huevo podrido de gansa? Bendita sea mi alma, me parece que fue Templeton. ¿Quién te mordió en el rabo y te puso en pie esta mañana cuando te desmayaste ante la multitud? Templeton. ¿Has pensado alguna vez que ya estoy harta de hacer recados y favores? ¿Qué crees que soy, una rata hacelotodo?

Wilbur estaba desesperado. Ya llegaban las personas. Y la rata estaba fallándole. De repente, se acordó de la glotonería de Templeton.

—Templeton —dijo—. Te haré una solemne promesa. Si me traes el saco de huevos de Carlota, a partir de ahora dejaré que tú comas primero cuando venga Lurvy a alimentarme. Te permitiré que elijas de todo lo que haya en el comedero y no tocaré nada hasta que tú hayas terminado.

La rata se enderezó.

—¿De verdad? —dijo.

—Lo prometo. Te lo juro.

—De acuerdo, trato hecho —dijo la rata. Se dirigió hacia la pared y empezó a trepar. Aun tenía hinchado el estómago por culpa de la comilona de la noche anterior. Gruñendo y quejándose, se alzó lentamente hasta el techo. Se deslizó por la madera hasta llegar al saco de huevos. Carlota se hizo a un lado para que pasara. Estaba muriéndose, pero aún le quedaban fuerzas para moverse un poco. Luego Templeton enseñó sus largos y horribles dientes y comenzó a cortar los hilos que sujetaban el saco al techo. Wilbur observaba desde abajo.

—¡Con muchísimo cuidado! —dijo—. No quiero que le pase nada a ninguno de esos huevos.

—Esssta cosssa ssse me pega a la boca —se quejó la rata—. Parece caramelo.

Pero Templeton llevó a cabo su trabajo y consiguió soltar el saco y bajarlo hasta el suelo en donde lo dejó caer frente a Wilbur. El cerdo lanzó un gran suspiro de alivio.

—Gracias, Templeton —dijo—. Jamás olvidaré esto.

—Tampoco yo —dijo la rata, limpiándose los dientes—. Me siento como si me hubiese comido un ovillo de hilo. Bien. ¡Vámonos a casa!

Templeton se metió en la jaula y se escondió bajo la paja. En un instante desapareció de la vista. En aquel momento llegaron Lurvy, John Arable y el señor Zuckerman, seguidos por la señora Arable, la señora Zuckerman, Avery y Fern. Wilbur había decidido ya cómo llevaría el saco de huevos; no existía más que un modo posible. Se llevó cuidadosamente a la boca el paquetito y lo retuvo en la punta de la lengua. Recordó lo que le había dicho Carlota, que el saco era impermeable y fuerte. Era gracioso tenerlo en la lengua y le hacía babear un poco. Y naturalmente, no podría decir nada. Pero cuando lo empujaban para meterlo en la jaula, alzó los ojos hacia Carlota y le guiñó un ojo. Ella sabía que estaba diciéndole adiós de la única manera que podía. Y supo que sus hijos estaban a salvo.

—¡Adiós! —murmuró. Luego hizo acopio de todas sus fuerzas y alzó una de sus patas delanteras para despedirse.

No volvió a moverse. Al día siguiente, cuando desmontaban la rueda y metían los caballos de carreras en camiones y los feriantes recogían sus cosas y se marchaban en sus remolques, Carlota murió. El recinto de la feria pronto apareció desierto. Los cobertizos y construcciones quedaron vacíos y olvidados. El terreno de la feria estaba cubierto de botellas vacías y de inmundicias. Entre los centenares de personas que habían acudido a la feria, nadie supo que una araña gris había desempeñado allí el papel más importante. Nadie estuvo a su lado cuando murió.

XXII. Un viento tibio

Y DE AQUEL modo Wilbur volvió a casa, a su querido montón de estiércol en el granero. El suyo fue un extraño regreso. De su cuello colgaba una medalla de honor; en su boca guardaba un saco de huevos de araña. En ningún sitio como en casa, pensó Wilbur, cuando colocó cuidadosamente en un rincón seguro los quinientos catorce hijos de Carlota aún no nacidos. El granero olía bien. Sus amigas, las ovejas y las gansas, se alegraron de verlo volver.

Las gansas le dieron una ruidosa bienvenida.

—¡Felicita-felicita-felicitaciones! —gritaron—. Buen trabajo.

El señor Zuckerman le quitó la medalla a Wilbur y la colgó de un clavo sobre la pocilga, en donde pudieran verla los visitantes. El propio Wilbur podía verla siempre que lo deseara.

Fue muy feliz en los días que siguieron. Alcanzó

un gran tamaño. Ya no le preocupaba que lo mataran, porque sabía que el señor Zuckerman lo conservaría tanto tiempo como viviera. Wilbur pensaba a menudo en Carlota. De la entrada aún colgaban unos cuantos hilos de su vieja telaraña. Cada día Wilbur se detenía, alzaba la vista hacia la telaraña rota y vacía y se le hacía un nudo en la garganta. Nadie tuvo nunca una amiga como aquella, tan cariñosa, tan leal y tan hábil.

Los días de otoño se hicieron más cortos. Lurvy trajo del huerto calabazas y las apiló en el suelo del granero para que no se helaran con el frío nocturno. Los arces y los abedules adquirieron colores intensos y el viento los agitó y, una por una, dejaron caer sus hojas al suelo. Bajo los manzanos silvestres de la dehesa se amontonaron manzanitas rojas que mordisqueaban las ovejas, picoteaban las gansas y olían los zorros que acudían por la noche. Una tarde, justo antes de Navidad, empezó a caer la nieve. Cubrió la casa, el granero, los campos y el bosque. Wilbur jamás había visto nevar. Cuando llegó la mañana, salió afuera y revolvió la nieve del corral por el placer de hacerlo. Aparecieron Fern y Avery, tirando de un trineo. Se deslizaron por el sendero y llegaron hasta la charca helada de la dehesa.

—Esto es lo más divertido del mundo —dijo Avery.

—Lo más divertido del mundo —replicó Fern— es cuando se detiene la rueda y Henry y yo estamos en el asiento de arriba, y Henry columpia el asiento y podemos verlo todo por millas y millas a la redonda.

—Pero, ¿todavía sigues pensando en la rueda? —dijo Avery, molesto—. La feria fue hace semanas y semanas.

—Pienso en eso constantemente —respondió Fern, sacándose nieve de una oreja.

Después de Navidad, el termómetro descendió a diez grados bajo cero. El frío se apoderó del mundo. La dehesa estaba desierta y helada. Ahora las vacas permanecían siempre en el granero, menos en las mañanas soleadas, cuando salían al corral y se resguardaban tras los montículos de paja. Las ovejas también se quedaban cerca del granero, buscando protección y, cuando tenían sed, comían nieve. Las gansas vagaban en torno del granero como los chicos en torno de una confitería. Y el señor Zuckerman les echaba maíz y nabos para que no perdieran el ánimo.

—¡Muchas, muchas, muchas gracias! —decían siempre que veían llegar la comida.

Templeton se trasladó adentro cuando llegó el invierno. Su escondrijo bajo el comedero resultaba demasiado frío, así que se buscó un buen rincón en el granero tras las arcas del grano. Lo forró con pedazos de papeles sucios y con trapos, y siempre que encontraba una chuchería o un recuerdo lo llevaba a su casa y lo guardaba allí. Siguió visitando a Wilbur tres veces al día, exactamente a las horas de las comidas y Wilbur mantuvo la promesa que hizo. Wilbur dejaba comer primero a la rata. Luego, cuando Templeton ya no podía con un bocado más, comía Wilbur. Como resultado de tales excesos Templeton se puso más grande y más gorda que cualquier rata que hayas podido ver. Era tan grande como una marmota joven.

La oveja mayor le habló un día acerca de su tamaño.

—Vivirás más —le dijo la oveja— si comes menos.

—¿Quién desea vivir para siempre? —respondió desdeñosa la rata—. Yo soy por naturaleza glotona y consigo incontables satisfacciones de los placeres de un festín.

Palmeó su estómago, sonrió a la oveja y subió a tenderse.

Durante todo el invierno Wilbur cuidó del saco de huevos de Carlota como si estuviese guardando a sus propios hijos. Junto a la cerca de madera había excavado un lugar especial para el saco entre el estiércol. En las noches muy frías se tendía allí para que su aliento lo calentara. Para Wilbur nada en la vida era tan importante como aquel objeto pequeño y redondo; no le importaba ninguna otra cosa. Esperó pacientemente el final del invierno y la aparición de las arañitas. La vida es siempre valiosa y serena cuando uno está esperando a que suceda o aparezca algo. Y por fin concluyó el invierno.

—He oído hoy las ranas —dijo una tarde la oveja mayor—. ¡Escucha! También tú puedes oírlas ahora.

Wilbur se quedó quieto y enderezó las orejas. Desde la charca, formando un coro estridente, le llegaron las voces de centenares de ranitas.

—Primavera —dijo pensativa la oveja mayor—. Otra primavera. Cuando se alejó, Wilbur advirtió que la seguía un nuevo corderito. Tenía tan sólo unas horas.

Las nieves se fundieron y desaparecieron. Arroyos y acequias burbujearon y parlotearon con el agua que corría. Llegó y cantó un jilguero de abigarrada pechuga. El sol cobró fuerza, las mañanas surgieron más pronto. Casi cada vez que amanecía había un nuevo corderito en el redil. La gansa estaba sentada sobre nueve huevos. El cielo parecía más ancho y sopló un viento tibio. Los últimos hilos que quedaban de la vieja tela de araña de Carlota se alejaron en el aire y desaparecieron.

Una espléndida mañana de sol, después del desayuno, Wilbur observaba su preciado saco. Casi no pensaba en otra cosa. Mientras estaba allí, advirtió que algo se movía. Se acercó y miró. Una arañita salió del saco. No era mayor que un grano de arena, no más grande que la cabeza de un alfiler. Tenía el cuerpo gris con una negra banda debajo. Sus patas eran grises y color canela. Parecía exactamente como Carlota.

Tembló todo el cuerpo de Wilbur cuando la vio. La arañita le saludó. Entonces Wilbur se acercó aún más. Otras dos arañitas salieron y saludaron también. Dieron vueltas en torno del saco, explorando su nuevo mundo. Luego aparecieron tres arañitas más. Y después la octava. Y la décima. Aquí estaban por fin las hijas de Carlota.

El corazón de Wilbur empezó a latir con fuerza.
Luego lanzó un agudo berrido. Entonces comenzó
a correr en círculos, lanzando estiércol al aire.
Después dio una voltereta hacia atrás. Luego clavó
en el suelo las patas delanteras y se detuvo frente a
las hijas de Carlota.

—¡Hola! —dijo.

La primera araña le respondió hola, pero su voz
era tan tenue que Wilbur no pudo oírla.

—Yo soy un viejo amigo de su madre —declaró
Wilbur—. Me alegra verlas. ¿Están bien?

Las arañitas lo saludaron agitando sus patitas
delanteras. Por la manera de comportarse, Wilbur
pudo advertir que se alegraban de verlo.

—¿Hay algo que pueda hacer por ustedes? ¿Hay
algo que necesiten?

Las arañitas se limitaron a saludarlo. Durante
varios días y varias noches anduvieron de acá para
allá, arriba y abajo, por un rincón y por otro, arras-
trando unos hilitos tras ellas y explorando su hogar.
Habían docenas y docenas. Wilbur no pudo con-
tarlas, pero sabía que tenía muchísimas nuevas
amigas. Crecieron con gran rapidez. Pronto fueron
tan grandes como pequeños balines. Tejían pequeñas
telarañas junto al saco.

Y una tranquila mañana, el señor Zuckerman abrió una puerta en la fachada del norte. Una corriente de aire tibio sopló entonces a través de todo el primer piso del granero. El aire olía a tierra húmeda, a los abetos del bosque, a la dulce primavera. Las arañitas percibieron la corriente ascendente. Una araña trepó a lo alto de la cerca. Entonces hizo algo que sorprendió mucho a Wilbur. La araña se puso cabeza abajo, apuntó sus hileras al aire y empezó a soltar una nube de finísima seda. La seda formó un globo. Mientras Wilbur observaba, la araña se alzó de la cerca, alejándose por el aire.

—¡Adiós! —dijo cuando salía flotando por la puerta.

—¡Espera un minuto! —chilló Wilbur—. ¿Dónde crees que vas?

Pero la araña ya se había perdido de vista. Entonces otra arañita se subió al borde de la cerca, se puso cabeza abajo, hizo un globo y partió flotando. Y después otra. Y luego otra. El aire se llenó muy pronto de globitos, cada uno de los cuales llevaba una araña.

Wilbur estaba frenético. Las crías de Carlota estaban desapareciendo en un abrir y cerrar de ojos.

—¡Vuelvan, niñas! —les gritó.

—¡Adiós! —le dijeron—. ¡Adiós, adiós!

Finalmente una última arañita se detuvo el

tiempo suficiente para hablar con Wilbur antes de hacer su globo.

—Nos vamos en esta corriente cálida ascendente. Este es el momento que hemos de aprovechar. Somos aeronautas y vamos por el mundo a hacer telarañas para nosotras mismas.

—Pero, ¿a *dónde*? —preguntó Wilbur.

—Adonde el viento nos lleve: alto, bajo, cerca, lejos, este, oeste, norte, sur. Nos confiamos a la brisa.

—¿Y se van *todas*? —preguntó Wilbur—. No pueden irse *todas*. Me quedaría solo, sin amigas.

Estoy seguro de que a su madre no le gustaría eso.

El aire estaba ahora tan lleno de globitos que el granero parecía envuelto en una neblina. Los globos se alzaban por docenas, daban vueltas y escapaban por la puerta arrastrados por un suave viento. A los oídos de Wilbur llegaban débilmente gritos de «¡Adiós, adiós, adiós!». No podía soportar por más tiempo aquel espectáculo. Apenado, se dejó caer en el suelo y cerró los ojos. Esto parecía el fin del mundo: ¡abandonado por las hijas de Carlota! Wilbur empezó a sollozar hasta que acabó por dormirse.

Cuando se despertó caía la tarde. Miró hacia donde estaba el saco de huevos. Se hallaba vacío. Alzó los ojos al aire. Los globitos habían desaparecido. Entonces se dirigió con paso cansado hacia la entrada, en donde solía estar la telaraña de Carlota. Se detuvo allí, pensando en ella, cuando oyó una vocecita.

—¡Saludos! —dijo—. Estoy aquí arriba.

—Y yo —dijo otra vocecita.

—Y yo —dijo una tercera voz—. Nos hemos quedado nosotras tres. Nos gusta este sitio y nos gustas *tú*.

Wilbur alzó los ojos. En lo alto de la entrada estaban tejiéndose tres pequeñas telas de araña. En cada red, trabajando afanosamente, se hallaba una de las hijas de Carlota.

—¿Puedo considerar entonces —preguntó Wilbur— que han decidido formalmente vivir en el granero y que voy a tener *tres* amigas?

—Puedes, desde luego —dijeron las arañas.

—¿Cómo se llaman? —preguntó Wilbur, temblando de alegría.

—Te diré mi nombre —replicó la primera arañita— si me dices por qué estás temblando.

—Tiemblo de alegría —dijo Wilbur.

—¿Entonces mi nombre es Alegría —declaró la primera araña.

—¿Cuál era la inicial que iba detrás del nombre

de mi madre? —preguntó la segunda araña.

—A —contestó Wilbur.

—Entonces mi nombre es Aranea —dijo la segunda araña.

—¿Y yo? —preguntó la tercera araña—. ¿Quieres escogerme un nombre bonito, algo que no sea demasiado largo, ni demasiado raro, ni demasiado tonto?

Wilbur pensó con fuerza.

—¿Nellie? —apuntó.

—De acuerdo, me gusta mucho —dijo la tercera araña—. Puedes llamarme Nellie.

Y delicadamente sujetó el hilo que la envolvía al siguiente radio de la telaraña.

El corazón de Wilbur rebosaba de felicidad. Le pareció que en aquella importantísima ocasión tenía que pronunciar un breve discurso.

—¡Alegría! ¡Aranea! ¡Nellie! —empezó a decir—. Bienvenidas al primer piso del granero. Ustedes han elegido una sagrada puerta desde la que tender sus telas. Creo que es justo que les diga que yo era un fiel amigo de su madre. Le debo mi vida. Fue brillante, bella y leal hasta el fin. Siempre atesoraré su recuerdo. A ustedes, sus hijas, les brindo mi perpetua amistad.

—Yo te prometo la mía —dijo Alegría.

—Y yo cambién —dijo Aranea.

—Y yo lo mismo —dijo Nellie, que acababa de atrapar un pequeño jején.

Aquel fue un día feliz para Wilbur. Y siguieron muchos más días felices y tranquilos.

Con el transcurso del tiempo, cuando vinieron y se fueron los meses y los años, jamás estuvo sin amigos. Fern ya no acudía regularmente al granero. Crecía y cuidaba de no hacer niñerías, como sentarse en una banqueta de ordeñar cerca de un corral. Pero en la entrada vivieron, año tras año, las hijas de Carlota, sus nietas y sus biznietas. Cada primavera aparecían nuevas arañitas para reemplazar a las viejas. La mayoría partía en sus globos. Pero siempre permanecían dos o tres que decidían instalar su casa en la entrada.

El señor Zuckerman cuidó muy bien de Wilbur durante el resto de su vida. Y al cerdo, con frecuencia, lo visitaban amigos y admiradores, porque nadie olvidó nunca el año de su triunfo y el milagro de la telaraña. La vida en el granero era muy buena, noche y día, invierno y verano, primavera y otoño, días aburridos y días maravillosos. Aquel era el mejor sitio en que se podía vivir, pensó Wilbur, ese granero deliciosamente tibio, con las gansas parlanchinas, el cambio de las estaciones, el calor del sol, el paso de las golondrinas, la proximidad de las ratas, la monotonía de las ovejas, el amor de las arañas, el olor del estiércol y la gloria de todo.

Wilbur jamás olvidó a Carlota. Aunque quiso mucho a sus hijas y nietas, ninguna de las nuevas arañas llegó a ocupar por entero el lugar que ella tuvo en su corazón. Carlota fue un ser único. Rara vez encontramos a alguien que sea al mismo tiempo leal camarada y buen escritor. Carlota fue ambas cosas.

FIN

¡Disfruta leyendo estos otros clásicos!

El león, la bruja y el ropero

Pb 0-06-008661-0

Querido Señor Henshaw

Pb 0-688-15485-9

Henry Huggins

Pb 0-06-073600-3

El ratoncito de la moto

Tr 0-06-000056-2
Pb 0-06-000057-0

Ramona empieza el curso

Pb 0-688-15487-5

Ramona la chinche

Tr 0-688-02783-0
Pb 0-688-14888-3